KB116133

촌놈

김원호 수필집

청어

촌놈

김원호 수필집

발행처 · 도서출판 **청어**
발행인 · 이영철
영 업 · 이동호
기 획 · 최윤영 | 김홍순
편 집 · 김영신 | 방세화
디자인 · 오주연 | 김바라
제작부장 · 공병한
인 쇄 · 두리터

등 록 · 1999년 5월 3일(제22-1541호)

1판 1쇄 인쇄 · 2011년 1월 7일
1판 1쇄 발행 · 2011년 1월 14일

주소 · 서울시 서초구 서초동 1588-1 신성빌딩 A동 412호
대표전화 · 586-0477
팩시밀리 · 586-0478

블로그 · http://blog.naver.com/ppi20
E-mail · ppi20@hanmail.net
ISBN · 978-89-94638-03-2 (03810)

묵극

머리말

　아이들이 결혼을 하고 부모 곁을 떠났을 때, 부부는 빈집을 함께 지키게 되는데, 남편이 퇴임을 하고 집에 머물게 되면 심각한 부부간의 갈등이 발생하게 된다. 그리고 주위 사람들이 '김원호' 하면 건강의 표상으로 알고 있지만 실상은 불의의 사고로 맨살이 찢어지는 아픔을 겪기도 했고, 세월이 지나감에 따라 쌓이는 나이가 주는 아픔도 겪어야만 했다.

　이 책에는 이러한 갈등과 아픔의 솔직한 기록과 함께 모든 일을 빨리 빨리 생각하고 행동하는 우리들의 모습, 상대가 생각 없이 내뱉은 말에 깊은 상처를 입는 일들을 보면서 느낀 한국인의 특성을 느낀 그대로, 본 그대로 담아놓았다. 또한 역마살을 억제하지 못해 틈틈이 한국의 명소들을 찾아다니며 알게 된 새로운 사실과 삶의 흔적들을 담았다.

젊은 시절에는 유도를 해서 건강을 유지했고, 중년 이후에는 골프의 매력에 푹 빠져서 헤어 나올 수가 없었다. 이는 후반기 인생의 건강을 지켜주는 버팀목이 되고 있었으나, 친구들이 하나하나 병고에 시달리거나 저 세상으로 떠나니 운신의 폭이 좁아짐을 새삼 느끼게 된다.

이러한 연유로 그동안의 삶을 회고하며 지난 4년여의 기간 동안 고려대학교 고우체육회보에 기고했던 글과 각종 매체에 올린 글들을 정리해서 시가 춤추는 한 권의 수필집으로 묶어 세상에 내보낸다.

남태령 전원마을에서

柔剛 金源鎬

차례

건강은 건강할 때 지켜야

한국의 아름다운 풍경을 찾아서

사이버 세상

서민도 골프를 즐길 수 있어야

한국 사람들

촌놈

　촌놈이라는 말을 한글사전에서 찾아보았더니 시골 남자를 낮잡아 이르는 말이라고 했다. 그러나 나는 자칭 촌놈이라는 말을 자주 쓴다. 자학적인 의미는 전혀 없이 촌이라는 말이 좋아서다. 촌이란 시골을 뜻하고, 그곳에서 태어났고, 그곳에서 유년과 소년기를 보냈기에 촌놈이라는 말에 남다른 애정을 느끼고 있는지도 모르겠다.

　서울에서 사는 사람들은 중소도시인 평택에 사는 사람들을 촌놈이라고 비하하고, 평택에 사는 사람들은 농촌이나 어촌에 사는 사람들을 촌놈이라고 한다. 그러면 서울에 사는 사람들은 촌놈이 아니냐? 그렇지 않다. 뉴욕이나 로스앤젤레스에 사는 사람들은 서울 사람들을 촌놈이라고 한다.

　지금 세상은 모든 것이 세계화 되어 있다. 문화의 혜택 면에서

만 본다면 거의 평준화 되어 있다. 이제는 어디에 사느냐가 중요하지 않고 어떻게 살고 있느냐가 중요하다고 말할 수 있다. 서울에 살아도 느긋하고 인간미가 넘쳐흐르게 세상을 살아가고 있다면 촌놈일 테고, 촌에 살아도 두부모를 반듯하게 자르듯이 각이 서게, 경우가 바르게 살면 서울깍쟁이가 아닐까 하는 생각을 해 본다.

서울에서 산 세월과 평택에서 산 세월을 아무리 계산을 해봐도, 서울에서 산 세월이 평택에서 산 세월의 몇 배가 된다. 그러나 촌티를 벗지 못한 촌뜨기로 살고 있다. 아니 그렇게 살고 싶어서 살아 왔는지도 모른다.

겨울 소나무가 머리에 이고 있는 눈을 이기지 못해, 언 청솔가지가 부러질 때는 독특한 소리를 낸다. 딱 하고 부러지는 소리가 나는 서울말보다는 조금쯤은 어눌하면서도 부드러운 맛이 나는 사투리가 좋다. 육하원칙에 입각해서 쓴 글과 말보다는 어릿어릿하면서도 헐렁하고, 모자라는 듯 하면서도 모자람이 없는 말과 글이 좋다. 명품으로 온몸을 휘감고 짙은 화장을 한 어떤 서울 여인보다는, 수수한 옷차림에 어리둥절한 표정을 짓고 있는 시골의 한여인이 더 아름다워 보일 때가 많다. 촌놈 중에서도 강 촌놈인지도 모른다.

자로 잰 듯한 서울 생활에 염증을 느낄 때, 자유로운 옷차림에 예고도 없이 고향인 평택을 가끔 찾고는 한다. 논과 밭이 있던 자리에는 아파트 숲이 우거져 동녘의 앞동산을 가리고 있다. 발갛게 물든 머리를 먼저 내미는 아침 해를 볼 수가 없다. 아침 이슬을 치며 걷던 오솔길 대신 뻥하게 뚫린 2차선 도로가 있을 뿐이다. 도로를 보는 순간 가슴엔 찬바람이 횡 하고 스친다. 머무르면 머물수록 무엇인가 목을 옥죄어 오는 것 같아서 옛날이 아님을 느끼고 다시 서울로 되돌아오고는 한다. 어릴 적 고향은 어디에서도 찾을 길이 없다. 마음의 고향만이 존재할 뿐인가 보다. 하기야, 십 년이면 강산이 변한다고 하지 않았던가? 강산이 변해도 몇 번은 변했을 만큼 긴 세월을 외지에서 살아 왔으면서도, 왜 변하지 않은 고향을 보고 싶어 할까. 몸은 이렇게 세월의 무게를 감당하지 못하고 폭삭 삭아가고 있는데도 마음만은 늙지를 안했나 보다.

1905년 미국의 태프트와 일본의 가쓰라의 밀약에 의해 한반도는 일본의 지배하에 들어가 36년이란 긴 세월동안 갖은 고초를 겪었다. 또한 그들은 세계 2차 대전의 주역이 돼서 일본은 패망하고 미국은 승전국이 됐다는 것도 역사를 읽은 사람들은 모두 알고 있다. 강대국들의 분점에 의해 한반도는 두 조각으로 나뉘어서 오늘에 이르고 있지 않은가? 국제정치에도 힘없는 자는 목소리를 내지 못한다. 다른 나라들의 힘에 의해 우리들은 일제의 식민지에서 해방이 됐다. 엎친 데 덮친 격으로 1950년부터 1953년까지 연하여 6·25라는 전란을 겪는다. 6·25 전에는 남과 북에서 이념을 달리하는 사람들은, 남에서 북으로, 북에서는 남으로 왔기에 이산가족 1호가 된다. 2호는 전란 중에 이합집산이 다시 돼서 또 다른 이산가족이 된다. 한국 사람들은 아일랜드 사람들과 같이 가족애가 강하다. 가족이 찢어지고 고향을 잃은 사람들의 아픔을 무엇으로 표현을 하겠는가? 또 다른 촌놈이 돼서 새로운 사회에 적응을 하면서 연어의 꿈만 꾸는 촌놈의 숫자만 늘어나고 있지 않은가?

　5대를 한 지역에서 살아야 토박이라고 한다. 격변기를 살아오면서 우리 모두는 타향살이에 익숙한 촌놈이 됐다. 촌닭도 아니고 서울깍쟁이도 아닌 얼치기 깍쟁이가 서울에 적응을 하며 살아가기에는 너무도 힘들 때가 많다. 끌고 온 기나긴 삶의 그림자를 뒤돌아보면, 이 각박한 세상살이에 그래도 큰 탈이 없이 살아왔음에 감사를 하고, 모습이 달라진 고향이지만 찾아가서 만날 수 있는 친구가 있고 조상의 묘에 가서 참배라도 할 수 있으니 촌놈 치고는 축복을 받았다는 생각을 해 본다.

전나무 숲길 따라

닿아보니
살며 살며
햇살바라기

엉킨 숲속
헤쳐 나가기

오늘도 곁가지 잘라내며
남몰래 삼키는 시퍼런 눈물
단비에 씻는다

눈비 폭풍에도
흔들리지 않는 눈썹
필요한 곳, 그곳에 있겠다며
담담하게 서 있는

내 안의 전나무
키우러 간다 간다
숲길 따라

어머니, 우리들의 어머니

어머니란 이름은 생각만 해도 가슴속 깊은 곳에서 울컥하고 치밀어오는 아픔이 있고, 어머니란 말만 들어도 가슴이 저려온다. 반대급부를 요구하지 않고 우리들을 끝없는 사랑으로 감싸 주었고, 죽을죄를 지었다 하더라도 큰 바다와 같은 넓은 마음으로 용서를 해 주었기 때문이리라.

얼음판에서 갑자기 뒤로 꽝하고 넘어졌을 때, 우리들은 무의식 중에 '아이쿠 어머니' 라는 말이 입 밖으로 튀어 나오고, 몸이 아파 사경을 헤맬 때도 나이와 관계가 없이 '아-이-고 어머니' 라는 신음소리를 낸다. 늙어서 자식에게 버림받고 길거리를 헤매는 어머니도 혹시 자식에게 나쁜 영향이 미칠까 해서 자식의 소재에 대하여서는 입을 꽉 다물고 끝까지 말을 하지 않는다. 끝없는 어머니의 자식에 대한 사랑과 용서는 무엇과도 비유를 할 수가 없다.

어머니의 힘

고사를 읽다 보면 맹모삼천(孟母三遷)과 한석봉의 어머니에 대한 이야기가 나온다. 맹모삼천이란 자식을 올곧게 기르기 위해 맹자의 어머니가 세 번이나 사는 곳을 옮긴다. 교육에는 주위환경이 중요하다는 어머니의 가르침이다. 우리가 잘 알고 있는 한석봉은 조선 중기의 서예가로 글씨를 잘 써서 국가의 많은 문서와 명나라에 보내는 외교문서까지도 도맡아 썼다고 했다. 석봉이 공부를 하고 글씨 쓰기에 자신이 붙을 즈음, 불을 끈 상태에서 석봉은 글씨를 쓰고 어머니는 떡을 썰었다고 했다. 어머니가 고르게 썬 떡을 아들에게 보여주고 아들의 자만심을 잠재웠다는 이야기는 엄한 어머니상을 우리에게 말해 준다.

미국 LPGA에서 많은 우승을 한 박세리는 명예의 전당에 이름 석 자를 동양인으로써 당당하게 올려놓았고, 세계를 제패해서 빙상인 뿐만 아니라 전 세계인을 깜짝 놀라게 한 김연아, 다승왕이라는 월계관을 쓰고 떠오르는 태양으로 뜨고 있는 신지애. 풀이 자라지 못하는 땅에 아름다운 꽃을 피우고 있는 이들의 뒤에는 숨어서 숨죽이면서 이들을 그윽한 눈으로 바라보고 있는 어머니들이 있다. 어찌 위에 열거한 이들 뿐이겠는가? 각계에서 성공한 많은 사람들의 뒤에는 어머니의 사랑과 헌신이 이름 없는 비석(碑石)의 비문(碑文)으로 마음속에 새겨져 있다. 자식에 대해 사랑을 쏟

아내지 않으면 살 수가 없을 정도의 한국 어머니들의 사랑과 헌신이 있기에 가능한 일이다.

전쟁의 폐허 위에서도 가진 것 하나 없이 뙤약볕 아래서 김을 매고, 삯바느질을 해서라도 우리들의 어머니는 자식들을 공부시켰다. 없던 시절, 가장인 아버지가 가계를 꾸리기 힘들어 할 때도 딸자식을 아버지 몰래 도시로 빼돌려 공부를 시킨 어머니도 상당수가 있다. 외국의 원조를 받아야 끼니를 이어가던 나라가 남에게 원조해 줄 수 있는, 세계에 우뚝 솟은 대한민국의 뒤에는 어머니들의 가슴에 맺힌 한을 현실로 풀어낸 결과라는 생각을 해 본다.

워싱턴대학 심리학 석좌교수인 카트만 박사는 OECD 국가 중 이혼율 1위가 한국이라고 했다. 가정법원 판사들의 이야기를 들어보면 이혼소송을 제기한 젊은 부부들의 일부는 공동으로 생산한 자녀를 서로 맡지 않겠다고 하는 이들도 있다고 했다. 이유인즉 앞으로 새로운 출발을 하는데 자식이 걸림돌이 되기 때문이라고 한다. 젊음이 늙어 죽을 때까지 계속되는 것은 아니다. 인생여정(人生旅情)은 생로병사의 과정을 거치게 되어 있다. 오늘의 그들이 젊음의 뒤안길에서 어제를 뒤돌아보면, 모두가 후회할 일을 현재에 만들어 가고 있는 것이다. 어머니의 태를 나눈 자식에 대한 연민은 눈에 흙이 들어갈 때까지 끝이 없다.

대다수의 젊은 어머니들은 작은 족제비가 덩치가 큰 닭을 물고 가듯이 자녀들을 이끌고 힘겹게 이 학원에서 저 학원으로 옮겨 다니면서 하루해를 보낸다. 정부당국에서 사교육의 뿌리를 뽑지 못하고 전전긍긍하는 큰 이유 중에 하나라는 생각을 한다. 어쩌면 젊은 어머니들이 한국이 더 클 수 있는 또 다른 원동력을 키우고 있는 게다. 한국 속에 자녀를 키우고 있는 것이 아니고 세계 속에 자녀를 키우고 있는 것이니 한국의 장래는 밝다는 생각을 한다. 기러기 아빠라는 신조어는 부부에게는 뼈를 깎는 아픔이겠지만 한국의 미래를 향한 몸부림이리라.

1960년대 주례사에는 검은 머리가 파뿌리 될 때까지 살라는 당부의 말이 어김없이 들어 있었다. 그 시대에 걸맞은 주례사다. 농경사회에서는 힘이 세고 노동력이 풍부한 남자가 가정을 이끌어 왔고, 여자는 집에서 자녀를 키우고 가사를 돌보는 보조역할이었다. 이제는 유비쿼터스(Ubiquitous) 시대다. 사회 각 분야에서 어머니들의 역할이 지대하다. 남녀동등의 시대를 지나 여성 상위 시대에 접어들고 있는, 시대의 물결을 거역할 사람은 아무도 없다. 서양의 어머니들과 달리 억척스럽고 자식에 대한 사랑과 헌신의 피가 몸 속 깊은 곳에서 흐르고 있는 한국의 어머니들이 있는 한, 밝은 내일이 있다는 확신을 갖는다.

내 어머니에 대한 회상(回想)

많은 형제들 중에 막내아들로 태어나는 행운을 가지고 세상의 밝은 빛을 보았다. 어릴 적에는 어머니가 입에 무엇을 씹고 있을 때, 무엇인가 맛있는 음식일 거라는 생각이 들 때는 입에 있는 것도 빼앗아 먹곤 했다. 울고불고 떼를 써서라도 먹고 싶은 것은 먹어야 했고, 갖고 싶은 것은 가져야 직성이 풀렸다. 자라면서도 이루고 싶은 것은 며칠 밤을 새워서라도 이루어야 했다. 그런 성품이 남을 괴롭혀서라도 가져야 하고, 갖지 못하면 자신을 괴롭힌다는 것을 안 것은 60살이 넘어서였다.

어머니는 맛있는 음식을 먹지 않는 것으로 알았다. '더 먹어라, 더 먹어라' 라고 하는 말을 믿고, 어머니 몫까지 먹어 치우는 못난 아들을, 사랑이 그득한 눈으로 보는 어머니만 보였다. 자식에게 본인의 몫을 내주고 끼니를 거른, 허기진 어머니의 모습은 내 자식을 키우면서 늦어서야 읽을 수 있었다. 짧은 키에 호리호리한 몸매를 갖춘 어머니였다. 일제식민지와 6·25라는 격변기를 거치면서도 큰 키에 우람한 체격을 가질 수 있었던 것은, 식성이 좋은 내가 어머니 몫까지 게걸스럽게 먹어치운 결과라는 것을 생각하면, 고인이 된 어머니에게 죄스런 생각이 든다.

버릇없는 아이는 야생마와 같이 산으로 들로 뛰어다니면서 하고 싶은 것은 모두 했다. 소꿉친구들과 싸움을 많이 했다. 꼬맹이들의 싸움이란 두 손을 마구 휘저어 상대의 얼굴을 공격하는 거다. 휘든 팔이 상대의 코에 맞으면 코피가 나고, 눈에 맞으면 눈에 불이 번쩍 날 정도로 아프다. 코에서 코피가 흐르는 아이가 언제나 울음보를 먼저 터트린다. 싸움에서 졌다는 신호다. 친구들과 그런 싸움을 하루에도 몇 번씩 했다. 어머니에게는 떼를 쓰면 통하던 것이 친구들과는 그것이 통하지 않으니 싸움으로 해결을 하려 했다. 매일 문제를 일으켰다. 그때마다 어머니는 아버지에게 알려줘서 혼쭐이 나게 하겠다고 했다. 또 일을 저지르면 이번에는 용서를 하지만 다음에는 절대로 용서를 하지 않겠다고 했다. 다음에도 또 다음에도 또 다음으로 미루면서 용서를 했다. 어린 시절 한 번도 부모로부터 체벌을 받지 않았다. 막내아들로 태어난 특권이었는지도 모른다. 다음으로 미루는 것은 의미가 없다는 것을 개구쟁이는 일찍이 알아차렸다. 제 버릇 고치지 못하고 초등학교까지 문제아로 졸업을 했다.

옛날에는 전국체전이 11월 3일에 있었다. 우리 마을 칠원이라는 곳에서 평택역까지는 십리길이다. 늦가을부터 겨울에는 새벽에 늑대와 여우가 길가에 자주 나타났고, 늑대는 가끔 사람을 공격하기도 했다. 서울에서 열리는 체전에 참석하려면 당일 평택역에서 출발하는 첫 기차를 타야 한다. 밤잠을 자지 않고 언제 준비를 했는지, 시합에 가는 아들에게, 힘 좀 쓰라고 고깃국을 바글바글 끓여 놓고, 꼭두새벽에 밥 먹으라고 깨운다. 밥을 먹으면서 꿈 이야기를 어머니에게 했다.

"활시위를 힘껏 당겨서 활을 쏘려는 순간 줌통이 딱 부러지는 꿈을 꾸었어요."

사립문을 나서려는 순간 어머니가 함께 갈 채비를 하고 나선다.

"저는 경기도 대표 유도선수이니 무서울 것이 없어요! 어머니는 집에 계십시오!"라고 인사를 했다.

밖에 나가보니 지척을 분간할 수 없을 정도로 안개가 짙게 깔렸다.

"기차역까지 너와 함께 가야 한다!"

어느 때보다도 어머니의 음성은 단호했다. 양보만 하던 어제의 어머니가 아니다.

안개 낀 새벽녘에 아들이 늑대의 공격을 받을까 걱정도 되고, 아들의 꿈에 대한 예감이 좋지 않았나 보다.

안개를 가르면서 종종 걸음으로 걷는 어머니의 신발 소리만 타박타박 앞산에 메아리쳐, 되돌아오는 소리도 타박타박, 중복음(重複音)이 지금도 귓가에 들리는 듯하다.

보성고등학교에 적을 둔, 서울 대표 황규백 군과의 일전에서 어깨의 쇠골이 부러지는 불운을 맛보아야 했다. 후일 그와 고려대학교 경제학과에서 함께 공부하게 되었는데, 대학연맹전에 출전하기 위해 우리는 합숙을 하면서 연습에 더욱 열중했다. 목표는 유도꾼들이 포진한 경희대학교도 아니고 더욱이 한양대학교도 아니었다. 오로지 연세대학교를 꺾는 것이었다. 그런데 하필 중요한 시기에 불행한 일이 발생을 했다. 땀을 뻘뻘 흘리면서 하는 연습 중에 앗! 하는 소리와 동시에 그의 쇠골이 힘없이 나가버렸다. 내

일이면 시합인데 운명의 장난치고는 심한 결과가 눈앞에 다가왔다. 접골원에서 깁스를 하고 나오면서, "형하고 나는 무슨 인연이지?"라고 그가 한 말은 50여 년이 지난 지금도 뇌리에 각인이 된 채 미안한 마음으로 깊게 자리를 잡고 있다.

옛날에는 구걸하는 거지가 많았다. 그들은 양회다리 밑에 본거지를 두고 인근 동네에서 구걸을 하며 생계를 유지했다. 나는 어머니가 한 번도 그들의 옆구리에 찬 동냥주머니에 음식을 넣어주는 것을 보지 못했다. 언제나 개다리 상에 음식을 정성스럽게 차려서 마루 한 구석에서 음식을 먹게 배려를 했다. 그리고 그들이 우리 집 관혼상제의 행사가 있을 때는 행패를 부리지 않고 준비해준 음식만을 먹고는 조용히 자리를 떠났다.

대장격인 한 사람만이 남아서 딴 곳에서 온 거지 떼를 막아주는 이유를 후일에서야 알았다. 경주 최씨 가문처럼 통이 큰 노블리스 오블리제(Noblesse Oblige)를 실천하지는 못 했어도, 못 사는 사람을 무시하지 않고 배려하고, 자식들이 장성하면 자식들에게도 딱 부러지는 반말을 하지 못하게 했다. 친구들과 심하게 다투고 집에 오는 날은 신기하게도 어머니는 알아차리고 "참아라! 참을 인(忍)자가 셋이면 살인도 막는다!"라는 말을 반복해서 알려주었다. 지하에서 깊은 잠에 빠져 있는 어머니지만 지금도 마음속에 살아서 많은 가르침을 주는 어머니다. 어머니! 어머니! 언제 불러도 마음이 포근해지고 눈가에 이슬이 맺히는 이름이다.

 # 어머니, 길을 찾습니다

쉽게 말은 할 수 있어도
실천하는 데는 더듬거려야 하는
사랑과 용서

당신의 바다 속보다도 깊은 마음
태산 같은 높은 뜻을
헤아리지 못하는 어리석음

용서하려는 마음 앞에
오기(傲氣)가 길을 막아
가던 길을 되돌아가야 하고

베풀려는 사랑
욕심과 이기심이 눈을 가려
계산기를 두드립니다

당신이 힘겹게 걸어온 길
길을 잃고 방황하는 못난 아들
지금도 길가에서 서성이고 있습니다!

그런데 말이여

영어의 '벗(but)'이나 일어의 '케레도모(けれ-ども)'는 접속사로서 앞의 문장이나, 전에 한 말에 대하여 긍정하면서 또 다른 의미가 있음을 말한다. 사전에서 보면 '그러나', '또는', '그렇지만'의 뜻으로 쓰인다. 우리말의 '그런데 말이여'는 앞엣것을 긍정하는 듯하면서도 결론 부분에서는 부정의 의미를 강하게 나타내는 말이다. 언약이나 계약서를 작성한 후, 일정 시간이 흐른 다음 계약 당사자 앞에 뜬금같이 나타나서 서두에 언약이나 계약서를 논하고 '그런데 말이여'라는 말을 꺼내 놓으면 다음 이야기를 들을 필요가 없다. 다음 이야기는 언약이나 계약의 파기를 제안할 것이 불을 보듯이 뻔하기 때문이다.

파기를 제안한 상대방에게 원래의 약속이나 계약의 이행을 강요하거나, 설득시키려는 시도를 하면, 그는 '알았슈' 하면서 힘없이 물러난다. 물러나도 물러난 게 아니다. 물러난 후가 문제인 것이다. 이해관계가 깊은 문제면 후환을 각오해야 하고 경미한 문제라면 끊임없이 몽니부리는 꼴을 보아야 한다. 가장 현명한 대처방법은 상대의 이유를 경청한 후, 그의 의도하는 바가 무엇인가를 정확하게 파악하고, 부드러운 음성으로 절충을 시도하면 접점을 쉽게 찾을 수도 있다.

'그런데 말이여'는 긍정적인 면도 있다. 겹겹이 쌓인 오해를 풀거나, 기분 좋게 한턱을 내고 싶을 때도 사용을 한다. 쌍방이 마음을 활짝 열고 유쾌하게 웃을 수 있는 날이다. 전에는 상대가 행한 언행에 대해서 부정적인 생각을 갖고 있었으나 현재는 긍정적으로 생각을 바꾼 경우다.

내 고향 평택은 경기도 최남단에 위치하고 있다. 충청도와 접경을 이루고 있기에 말투가 서울보다는 충청도에 가깝다. 내가 태어난 조그마한 마을인 칠원이라는 곳과 평택읍내까지의 거리는 4km이다. 옛날에는 읍내까지 가는 교통수단이 걷거나 우마차를 타는 방법 외는 없었다. 1970년대, 새마을운동 덕택에 전기 공급을 받을 수 있었다. 전기가 시골 마을에 처음 들어오던 날은 개명천지의 참뜻을 알려준 날이다. 한글을 몰라서 답답하게 한세상을 산 노인이 한글을 터득한 날과 다름이 없다. 교통이 좋지 않거나 통신수단이 발달되지 않으면 언어는 한정된 지역에 갇혀있게 마련이다.

말이 느리고, '밥 먹었시유?', '언제 왔슈?', '됐슈!' 등과 같이 말끝에 '유' 자가 필연적으로 들어가니 말이 길게 늘어진다. 그런데 말수는 적다. 함축된 말을 많이 사용한다. '식사하시겠습니까?' 를 '밥 먹을 껴?', '시장에 함께 가시겠습니까?' 를 '장에 갈 껴?' 라고 한다. 상대에게 동참할 의사를 묻고자 할 때는 말끝에 '껴' 만 넣어서 말을 하면 된다. 여자가 신랑 품이 그리울 때, 여자는 샤워를 하고 섹시한 잠옷을 입고는 신랑 앞에서 말은 못하고 알찐거린다. 말은 느려도 눈치가 빠른 신랑은 부인에게 '할 껴?' 라고 하면 의사 전달은 확실하게 된다. 무도장에 가서도 마찬가지다. 춤을 추고 싶은 상대가 있으면 긴 말이 필요 없다. '출 껴?' 함축된 말 한마디면 족하다. 그뿐인가? 물건을 살까말까를 결정 못하고 망설이고 있을 때 상대의 입에서 튀어나오는 말 한마디가 일품이다. '살 껴? 말 껴?' 는 살 것인가 사지 않을 것인가를 빨리 결정하라는 말이다. 이렇게 특이한 사투리로 대화를 이어가도 우리끼리는 상대의 뜻을 정확하게 파악하고 행동을 한다.

우리지방의 사투리는 조금은 답답하기도 하고 느릿한 감이 없지는 않지만 상대에게 정겹고 신중하고 평화로움을 준다. 어지간한 일에 대하여는 참고 견디며 상대에게 감정표현을 하지 않는다. 양반이라고 했다. 다른 지역사람들 보다도 많은 문관과 무관을 배출했다. 과묵한 것을 우리는 덕목으로 알았다. 말이 많은 사람을 우리는 논리적인 사람이라고 생각하지 않는다. 말을 많이 하다보면 실수를 할 수도 있고 때로는 상대에게 본의 아니게 싶은 상처를 줄 수도 있다. 똑똑하고 자기주장을 직설적으로 표현하는 사람은 소속단체 내에 적(敵)이 많다. 직장의 승진대기자가 많으면 과묵하고 적이 없는 사람이 그 자리를 차지한다.

민주주의가 이 땅에 뿌리를 내리는 시기를 눈여겨보면 이곳이 캐스팅보드 역할을 한다. 현대사도 그렇게 이어진다. 이곳에서 승패가 난다. 옛날 전투에서도 충원을 점령하면 전투의 반은 끝난 거나 마찬가지다. 치열한 전투 시에 이곳 주민들은 본의 아니게 소용돌이의 중심에 선다. 적과 아군의 식별이 어렵다. 확실한 소신이 서기 전에는 의사표시를 유보한다. 말을 아끼고 상대가 어느 편인가를 구분해야 한다. 한 번의 의사표시를 잘못하면 하나밖에 없는 목숨이 위태로워진다. 여간해서 남에게 속내를 보여주지 않는다. 상황파악을 하려면 말이 느릴 수밖에 없다.

그러나 한 번 마음을 굳게 먹으면 흔들림이 없이 앞으로만 나아간다. 일본이 우리나라를 점령하고 수탈을 일삼을 때에도 말이 느린 이 지역에서 김좌진 장군, 유관순 열사, 윤봉길 의사 등등 일일이 열거할 수 없을 정도로 많은 열사(烈士)와 의사(義士)가 나왔다. 조국이 누란의 위기에 처했을 때 목숨을 초개같이 버린 분들이 하나 둘이 아니다. 지금도 상대가 몽니부리는 듯한 말투로 '그런데 말이여' 라는 말을 하면 나도 모르게 바싹 긴장을 한다. 그리고는 귀를 쫑긋이 세우고 듣는 버릇이 있다. 그 말이 뜻하는 바를 정확하게 알아야 하기 때문이다.

평택 서정리 장날

흙먼지 날리던 길거리
새 옷, 아스팔트를 입고
번쩍이는 자랑이 한창이다

이 추운 겨울날에는 더 그리워지는
막걸리 사발가에 묻혔던
아버지 엄지 손가락지문(指紋)

등짐무게를 감당하기 힘든 열두 살의 소년
견디지 못해 목을 앞으로 길게 늘이고
산길 따라 타박타박 백 리 행상 길

더듬이 잃은 울 아버지와 형들
피멍이 든 어린 어깨에 기댄 채
형틀에 꼭꼭 묶여 움직일 수 없는 손과 발

후벼 판 전쟁의 상처가 아물 즈음
현란한 석양이
앞을 막고 다가서네 그려
더 갈 곳이 없다고

'빨리 빨리' 라는 말을 입에 달고 다니는 사람들

여행을 하다보면 비행기 안에서 승객에게 사탕을 줄 때가 있다. 아작아작 소리를 내면서 사탕을 깨물어 먹는 쪽을 쳐다보면 어김이 없이 까만 머리에 까만 눈동자를 갖고 있는 사람들이다. 다른 나라 사람들은 사탕을 입에 넣고 침으로 녹여가며 조금씩 혀로 빨아 먹는다. 남들이 녹여가며 천천히 단맛을 느끼는데 왜 우리는 소리를 내면서 빨리 빨리 먹어야 하는가를 생각해 보고는 했다. 이를 수천 년 동안 몸에 밴 농경문화와 전쟁문화에서 찾고 싶다.

'빨리 빨리' 의 사례

한국어를 배우는 사람들이 첫 번째로 배우는 말이 '안녕하세요' 와 '빨리 빨리' 이다. 주의 깊게 들어 보면 안녕하세요의 발음은 어눌하게 한다. 그러나 빨리 빨리는 거의 한국 사람과 비슷하게 발음을 한다. 한국 사람들이 많이 찾는 관광지에서 많이 들을 수 있는 우리나라 말이다. 안녕하세요는 그들과 우리들의 대화에서 배운다. 빨리 빨리라는 말은 우리끼리 하는 말을 엿들어서 배운 우리말이다. 승강기를 타고나서 가만히 서서 기다리면 문이 자동으로 닫힌다. 그 사이를 기다리지 못하고 손가락으로 닫힘 버튼을 누른다. 기계에 무리가 가고 고장의 원인이 된다. 이삿짐 나르는 것을 업으로 하시는 분들의 인기 있는 전화번호가 '8282'이다. 빨리 빨리 짐을 옮겨준다는 뜻이다. 하긴, 외국에서 한국으로 전화를 할 때 우리나라 국가번호가 82라는 것을 보면 짐작이 간다. 빨리 빨리라는 말은 우리가 얼마나 많이 쓰는 말인지 미루어 생각을 할 수가 있다.

커피를 파는 자판기 앞에 선 사람들을 보자. 동전을 넣고 필요로 하는 음료수 밑에 있는 단추를 누르면 빨간 불이 켜진다. 불이 꺼진 다음에 밑에 있는 구멍에서 커피를 꺼내 마시면 된다. 빨간 불이 켜져 있는 시간은 불과 몇 초이다. 그 시간을 참지 못하고 두 번 내지 세 번 고개를 숙여 자판기 밑을 본다.

커피 마시는 모습을 보자. 술을 마실 때와 같이 원샷이다. 종이 컵에 담긴 커피일망정 눈으로 커피색을 보고, 후각을 통해 향을 맡고, 혀로 맛을 보면서 목구멍으로 스르르 넘어가는 느낌을 음미하면 안 되는 것인지? 한 모금을 마시고 무엇인가 생각에 젖어보고 또 한 모금을 마시는 여유가 우리에게 있으면 얼마나 좋을까. 이젠 좀 여유있게 즐기면서 커피 한 잔을 마시는 분들을 주위에서 많이 볼 수가 있다. 세월이 많은 변화를 우리에게 가져다주었나 보다.

젊은 시절에는 생계형 접대부였다는 나이가 지긋한 어느 부인의 이야기를 들어 보자. 남자는 자존심을 세우면서 한 세상을 살고 여자는 사랑을 먹으면서 산다고 했다. 잠자리의 매너를 보면 어느 나라 사람인지 금시 알 수가 있다고 했다. 샤워를 우선 한다. 언어가 통하지 않을지라도 서로 눈을 맞추면서 술을 마시는 것은 어려움이 없다고 했다. 오히려 재미가 있다고 했다. 거나하게 술에 취하면 부부와 같이 자연스럽게 잠자리에 든다고 했다. 아침에 일어나면 꼭 안아주면서 사랑한다는 말을 잊지 않는다고 했다. 앵무새처럼 하는 말이란 것을 알면서도 너무나 좋다고 했다. 하룻밤의 풋사랑일망정 마음이 기쁘다고 했다. 어느 나라 사람인가는 방에 들어오자마자 급히 옷을 벗고 작업을 시작한다고 했다. 자기 욕심을 채우고는 팬티를 뒤집어 입는 채 도망치듯이 가는 사람, 일이 끝나기가 무섭게 곧바로 잠이 들어 코를 드르렁 드르렁 고는 사람, 새벽에 일어나 보면 흔적도 없이 사라진 사람, 이런 사람들을 만나는 날은 가슴이 빈 것과 같은 허전함과 쓸쓸함이 몸을 휘감고, 삶의 비애를 삼켰다고 했다. 하룻밤을 자도 만리장성을 쌓으라고 누가 말을 했던가.

김영삼 대통령부터 현재 이명박 대통령에 이르기까지 선거가 끝나고 나면 임기가 일 년이 지나기도 전에, 당선된 대통령을 당시 지지했던 사람들의 상당수가 하는 말이 있다. "도장을 찍은 손가락을 잘라서 청와대에 버리고 싶다!"라고. 대통령은 나름대로 통치철학이 있을 것이고, 생각을 달리하는 수많은 사람들을 아우르며 일을 하자면 시간이 필요하다는 생각을 한다. 우물가에 가서 숭늉을 달라고 하면 즉시 숭늉을 줄 수 있는 사람은 아무도 없다. 이 또한 빨리 빨리를 좋아하는 냄비근성이 아니겠는가.

전쟁문화

우리가 알고 있는 임진왜란과 정유재란 외에 왜구의 잦은 침입 등을 합하면, 우리가 외세의 침입을 받은 회수가 402번이라고 했다. 얼마나 많은 숫자인가. 우리가 국토를 넓히기 위해 또는 자원 확보를 위해 남의 나라를 침범한 적이 있었던가. 우리는 언제나 공격을 당하는 입장에서만 있었다. 전쟁터에서 도망을 가는 사람은 조금도 지체를 할 수가 없다. 모든 것을 빨리 빨리 서두르지 않으면 재물, 가족 그리고 목숨까지도 잃을 수가 있다.

우리는 소년기에 6·25 전쟁을 목격할 수가 있었다. 육중한 소련제 탱크를 앞세운 북한군이 물밀듯이 남쪽으로 내려올 때, 입을 것과 먹을 것을 대충 대충 챙겨 가지고 피난민 대열에 낀 기억이 있다. 대개의 경우 전쟁 중에는 자연재해가 따르고 헐벗음과 배고픔을 당해야 함은 필수이다. 그뿐인가, 가족의 죽음과 헤어짐은

씻을 수가 없는 상처로 남는다. 빨리 빨리 서둘러서 떠난 길이 영원한 이별로 이어진 사람이 한두 사람인가. 지금도 연어의 꿈을 잃지 않고 사는 분들의 진한 아픔을 당사자가 아니고서야 어떻게 알겠는가. 죽어서 뼈라도 고향 땅에 묻어달라는 그 분들의 심정에 이해가 간다.

청각을 자극하는 호루라기 소리가 먼저 들리고, 다음에 육성으로 알림 소리가 들린다.

"5분 이내에 식사를 마치고 연병장에 집합!"

군대 선임자의 명령이 발등에 떨어진 것이다. 전투 시에는 주먹밥을 한 손으로 입에 쑤셔 넣으면서 한 손으로 총을 쏘아야 생명을 부지할 수가 있다. 한 숟가락의 밥을 입에 넣고 서른 번을 씹어야 한다는 말은 군대에서는 사치다. 5분 이내에 밥을 먹을 수가 있을까? 충분히 먹고도 남는다. 밥에 물 또는 국을 말아서 물마시듯이 후룩후룩 마시면 된다. 그런 방법으로 식사를 계속해도 소화불량이란 있을 수가 없다. 정신이 없이 뛰어 다니다 보면 금시 배가 고파 오는 게 문제라면 문제이다.

외국에 출장을 가면 거래처의 가까운 곳에 식당이 있어 그곳에 자주 찾아가고는 했다. 어느 날 식당 종업원들이 나를 쳐다보며 의미 있게 웃는 것을 보았다. 호기심이 발동을 해서 찾아가 질문을 던졌다.

"왜 웃지요?"

묻는 말에는 대답을 하지도 안은 채 또 다시 까르르 하고 웃는다.

"당신 한국 사람이지요?"라고 되묻는다.

"네, 어떻게 한국 사람이라는 것을 알지요?"

"당신은 식사를 무지 빨리 합니다."

할 말이 없어진다. 고개를 끄덕여 주고, 쓸쓸하게 혼자서 웃으며 식당에서 나왔다.

어린 시절에는 전쟁덕분에 배고픔이 무엇이라는 것을 배웠다. 20대에는 병영생활에서 빨리 빨리를 몸으로 익혔다. 젊은 시절, 낮에는 직장에서 일을 하고 밤에도 또 다른 일터에서 일을 했다. 가난은 죄가 아니다. 최소한의 필요한 돈이 없으면 생활을 하는데 얼마나 불편함이 따르는가를 일찍이 터득한 셈이다. 요사이 흔히 말하는 3D업종은 우리 세대는 모른다. 돈이 되는 일은 모두 할 수가 있었으니까 말이다. 우리세대에서는 뒤돌아보면서 여유가 있게 살 수 있던 사람은 극소수에 지나지 않았었다. 특히 시골에서는 남들이 꽁보리밥을 먹을 때 쌀밥을 먹으면 부자라는 말을 듣고 살았으니까 말이다. 지금 못사는 아프리카와 다름이 없었다. 6·25 전쟁 후에는 더 비참했다. 국민소득이 100불 미만이었다. 대다수는 앞만 보면서 뛰고 또 뛰지 않았던가. 그것도 남보다 앞서기 위해서 빨리 빨리라는 말을 입에 달고 몸으로 뛰었다.

농경문화

옛이야기가 되어 가고 있는 농경사회를 들여다보자. 음력 보름 명절이 끝나면 그 다음 날로부터 그 해 농사의 시작이다. 농부는 아침 일찍부터 논으로 밭으로 그리고 집에 와서는 씨앗까지 그 해 농사를 완벽하게 하기 위한 준비를 한다. 봄과 가을은 시기가 짧고 여름과 겨울이 길기는 길지만 사계절이 분명한 게 우리나라의 기후다. 기후 또한 변화무쌍하다. 적절한 시기를 놓치면 일 년 농사를 그르치게 된다. 모든 것을 적기에 수행하기 위하여서는 빨리 빨리 움직여야 한다. 어쩌면 농사일은 전쟁터와 같다. 계절에 맞는 시기에 씨를 뿌려야 하고 수확을 해야 한다. 조금의 오차가 있어도 안 된다. 학교 시험에서 100점을 맞지 못하면 노력을 해서 다음 기회에 100점을 맞을 수 있지만 실기를 하여 실패한 농사는 다음 해를 기다릴 수밖에 없다. 다음 해를 기다린다는 것은 경제적인 고통을 뜻한다.

춘궁기란 보릿고개와 맥을 같이 한다. 고개 중에서 제일 넘기 힘든 고개라고 한다. 허기진 배를 잡고 울면서 넘는 고개였다. 보리 수확을 하기 전에는 많은 사람들이 배고픔에 시달려야 했다. 하지는 6월 22일 전후에 온다. 하지 전에는 모를 못자리에서 논에 옮겨 심어야 정상적인 수확을 할 수 있다. 현대농업은 기계화되어 있고, 동력 그리고 산업의 발달로 플라스틱 호수를 이용하여 산 너머 다랑이 논까지도 물을 옮길 수 있지만, 옛날에는 어림도 없는 일이다. 산골에는 하늘만 바라다보는 천수답이 있을 뿐이다. 하늘에서 비가 오지 않으면 하늘만 원망을 할 수밖에 다른 방법이 없다. 내내 가뭄이 계속 되다가 6월 말경이나 7월 초에 장마가 시작되면 농부들은 초비상 상태에 접어든다. 전투에 임하는 군인과 같다.

삼 그루 판이라는 말이 있다. 그루벼는 보리를 거둔 논에 심는 벼를 뜻하고, 그루밭은 보리를 베어낸 밭에 다른 곡식을 심은 밭을 뜻한다. 보리를 걷어낸 논에는 벼를 심어야 하고, 밭에는 콩을 심어야 한다. 물론 걷어낸 보리는 타작을 해야 한다. 위에 열거한 모든 일은 같은 시기에 해야 한다. 이시기에는 아궁이에 불을 땔때 쓰는 나무 막대기인 부지깽이도 빨리 빨리 뛰어야 한다는 말이 있다. 모든 일을 마음에서 몸까지 빨리 빨리 해야 한다. 보리는 적기에 걷어내지 않으면 보리이삭이 굽어진다. 이삭이 굽어지면 걷어낼 때 이삭이 땅으로 떨어진다. 타작을 늦게 하면 이삭이 비에 맞아 이삭에서 새싹이 돋는다. 적기에 걷어 내고 타작을 하지 않으면 그 해 농사는 끝장이다. 콩도 늦게 심어 가뭄이 오면 싹이 늦게 터서 태양열 받는 시기가 적어 수확량에 차이가 온다. 벼도 심는 날짜가 아니라 오전에 심었느냐 오후에 심었느냐에 따라서 벼뿌리가 뻗는 속도가 다르다. 이는 여름에 이루어지는 빨리 빨리이다.

수확기인 가을은 어떤가. 우리나라는 가을이 오는가 하면 곧장 겨울로 이어진다. 적기에 수확을 하지 못하면 배추와 무는 꽁꽁 얼어버린다. 언 김장감의 가치는 가을바람에 떨어지는 낙엽이 되어버린다. 벼 수확도 마찬가지이다. 이제는 모든 농사일을 기계로 하지만 손가락, 발가락으로 농사를 짓던 옛날에는 전쟁을 치르듯 이 빨리 빨리 하지 않고서는 생존의 대열에서 낙오자가 될 수밖에 없었다.

'빨리 빨리' 라는 말이 이룬 성과

빨리 빨리라는 말이 가져다 준 병폐가 한두 가지가 아니다. 다른 분야는 말고 건설현장을 잠깐 들여다보자. 세계적인 뉴스거리가 됐던 성산동의 와우아파트 붕괴사건을 시작으로 성수대교 그리고 삼풍백화점 붕괴사건 등은 얼마나 충격적인 사건인가? 동전의 양면이 있듯이 긍정적인 면이 더 많음을 우리는 알 수가 있다. 긍정적인 면을 보기로 하자. 탁구, 농구, 핸드볼 등 모든 스포츠에서는 전략도 필요하지만 순발력과 재치로 적기에 상대를 빨리 공격을 해야 이길 수가 있다. 빨리 빨리가 몸에 밴 터전 위에 경제력의 뒷받침이 북경 올림픽에서 7위를 할 수 있게 하지 않았나 하는 생각을 하게 한다.

남들이 우리를 IT 왕국이라고 한다. 빨리 빨리 하는 습성이 없이는 도저히 이룰 수 없는 분야이다. 인터넷 보급률이 세계 1위이다. 산업 전반에 걸쳐서 얼마나 많은 영향을 주었는가? 배를 만드는 일에서부터 자동차, 가전제품 등 많은 분야에서 우리를 세계 속에서 앞서 가게 하고 있다. 주민등록번호 하나만 누르면 그 사람의 동산과 부동산 상태를 한눈에 볼 수가 있다. 휴대전화기 한 대만 있으면 수첩도 메모지도 필요가 없다. TV까지도 본다. 이 모든 기능을 대신해 주니 말이다.

GNP 100불 미만의 가난한 나라가 반세기 만에 GDP 기준 세계 11위를 오르내림은 빨리 빨리가 이룬 성과가 아니겠는가. 농경사회에서 풍요로움을 맛보게 한 산업화 사회로, 편리함을 가져다준 정보화 사회에서 유비쿼터스 시대로 접어들고 있다. 이제는 모든 면에서 여유를 가지고, 여유와 빨리 빨리를 접목하며 살았으면 한다. 빌게이츠라는 사람이 2050년대에는 우리가 세계에서 1위가 된다고 했다. 2050년이 될 때, 필자는 하늘에 별이 되고 싶다. 반짝이는 별이 되어 잘 사는 우리나라를 굽어보면 얼마나 좋을까, 라는 생각을 해 본다.

 기린의 기도

손발이 시리도록
꽁꽁 얼어붙은 동네
등마저 시려온다

하나의 장승
동구 밖에 꼿꼿이 서서
온 동네를 굽어보고 싶었다

우리에 갇힌 기린 한 마리
천장이 낮아 겹쳐진 긴 목
바람도 지나며 답답해한다

자유롭게 살고 싶다고
길게 목을 뽑아보려는
기린이 올리는 애절한 기도

밥상머리 교육은 어디로 갔는가?

밥상머리 교육에 대하여 미국 하버드대학교에서는 20년 전부터 연구를 하고 있다고 한다. 일본 아키타 현의 한 초등학교가 학력평가에서 전국 1위를 한 원인이 밥상머리 교육의 효과라고 한다. 또한 어머니 로즈 여사의 밥상머리 교육이 미국 35대 대통령인 존 에프 케네디를 만들었다고 한다.

석가모니가 성불한 곳은 인도지만 막상 인도에는 힌두교가 번성하고 불교는 동남아에서 번성을 하고 있듯이, 밥상머리 교육의 원조는 한국이면서도 연구는 다른 나라에서 관심을 갖고 연구를 하고 있다. 한국은 예로부터 동방예의지국(東方禮儀之國)이라고 외국인들로부터 칭송을 들은 나라다. 언제부터 밥상머리 교육이 유래하였는지 정확한 년대를 알 수는 없지만 오래 전부터 우리생활에 밑바탕을 이룬 것만은 틀림이 없다. 필자는 어린 시절부터 밥상머리 교육을 받으면서 자랐다. 동시대를 사신 분들은 거의 같은 교육을 받으면서 자랐다고 해도 지나친 말은 아니다.

아침에 일어나면 일어나자마자 덮고 잔 이불을 갠다. 갠 이불을 장롱에 넣은 다음, 방 청소를 한다. 수돗가에 가서 얼굴을 씻고 음식을 차려놓은 밥상머리에 앉는다. 앉는 순서가 있다. 할아버지, 할머니, 아버지. 이렇게 최고의 어른 순으로 정해진 자리에 앉는다. 어른께서 수저를 들고 식사를 시작해야 나머지 분들도 따라서 식사를 시작한다. 교회에 다니시는 분들이 식사기도 후 식사를 시작하는 것과 같은 절차이다.

밥상머리는 의견을 교환하는 소통의 장이었고 인성교육을 하는 교육장이기도 했다. 산업화시대가 오면서 대가족제도가 무너지고 밥상머리 교육이 설 땅을 잃어갔다. 군사부(君師父)일체라고 했다. 그러나 군주에 대한 예의는 말할 필요도 없고, 선생님의 그림자도 밟지 않는다는 말도 옛말이 되었다. 그뿐인가 권위를 잃은 가장은 가정을 꾸려 나아가는데 필요한 돈을 벌어오는 기계로 전락을 했다.

삼강오륜(三綱五倫)이 땅속 깊은 곳으로 내려갔다. 돈만 벌면 되고 내 가족만 챙기면 된다는 이기적인 생각이 세상을 지배하고 있다. 그래서 뜻이 있는 분들은 가난해도 꿋꿋이 살아온 옛날 선비정신을 그리워한다. 아직도 늦지는 않다. 나라는 국가시책으로 도덕 재무장을 해야 하고, 풍요로움 속에서 문사철(文史哲)이 살아있는 사회를 만들어야 한다. 또한 개인은 가정에서 밥상머리 교육을 부활시켜야 한다. 일본과 같이 부강한 나라이면서도 경제동물(Economic Animal)이라는 천대를 세계인으로부터 받지 않을 수 있다. 그래야 진정으로 지구촌 사람들이 부러워하는 대한민국이 될 것이고, 국민도 자긍심을 가지게 된다는 생각을 한다.

밥상머리 교육 - 식사예절

밥은 밥사발의 앞부분부터 순서대로 천천히 먹기 시작을 해라. 뒷부분 또는 옆 부분을 먼저 먹는 것은 급히 도망을 가야 할 도둑들이나 하는 행위이다. 밥알 하나라도 버리면 안 된다. 농부는 쌀 한 톨을 생산하기 위해 봄부터 가을까지 땀을 흘린다. 절약정신과 감사정신의 함양을 목적으로 하는 교육이다. 찬은 골고루 먹어라. 편식을 하지 말라는 이야기이다. 편식을 하면 신체의 균형발전을 해치기 때문이다.

입에 넣은 음식은 보이지 않게 입을 꼭 다물고 꼭꼭 씹어서 먹어라. 젓가락을 밥상 위에 소리 내어 구르지 말라. 건방져 보이고 남 보기에 오만불손해 보인다. 겸손의 미덕을 가르침이다. 식사가 어른들보다 먼저 끝났을 때에는 수저를 빈 그릇에 올려놓고 어른이 식사가 끝난 후 수저를 놓으면 그때에 상 위에 놓아라.

찬은 젓가락이 잡히는 부분을 먹고 찬을 뒤적거리지 말라. 비위생적이다. 생선의 가운데 토막은 어른 몫이고 대가리와 꼬리부분은 애들 몫이다. 이렇게 웃어른을 공경하고 위계질서를 지키는 법을 익힌다. 저녁식사 시에는 단어 하나에 역발상을 해서 우리들을 웃음바다로 이끌어 주어, 유모감각과 낙천적인 생활습관을 알려주기도 했다.

밥상머리 교육 - 인성교육

참을 인(忍) 자가 셋이면 살인을 막는다. 아무리 화가 나고 미워도 순간을 참고 상대를 사랑해라. 네 마음이 편해지고 더 큰 화를 면하게 된다. 상대의 행동이나 말로 인해 상처를 받더라도 보복을 하지마라. 악은 악을 불러들여서 끝이 없는 재난을 불러들인다. 착하게 살아라. 착한 언행은 다시 너에게 되돌아온다. 적선을 해라! 한 가정에 재상이 나오려면 증조부 할아버지 그리고 아버지가 적선을 해야 한다. 삼대에 걸쳐 적선을 해야 그 가문에서 재상이 나온다는 말이다.

어른의 말을 잘 들으면 자다가도 떡을 얻어먹는다. 가난했던 지난 세월에서는 떡이 유일무이한 간식이고 양식이었다. 많은 세월을 살아온 어른들의 충고나 조언을 귀담아 듣고 실행하라는 말이다. 남과 한 약속은 손해를 보더라도 꼭 지켜라. 약속을 지키지 못한 사람은 신뢰를 잃어 세상을 살아가기 힘이 든다. 호랑이가 물어가도 정신을 차려야 된다. 등등 수많은 속담과 격언 그리고 고사(故事)를 인용하여 많은 것을 알게 해 주었다.

밥상머리 교육 - 소통의 장

밥상머리에서 어제 했던 일의 결과 그리고 오늘 할 일에 대한 토의가 시작된다. 끝을 맺지 못한 일의 원인과 분석 등. 업무보고의 장이기도 하고 자녀들의 건의를 받아들이는 장이기도 했다. 어른이 막걸리라도 한 잔 하신 날에는 갖고 싶었던 물건을 사달라는 말도 거침없이 해서 소망을 관철하기도 했다. 때로는 어른이 한 일에 대하여 의견을 제시하면 그 문제는 네 생각이 바르다는 아래 사람의 의견을 존중해주기도 했다. 친구 또는 형제들과의 분쟁을 말하면 옳고 그름을 판단해주고 조언을 해 주기도 했다.

위에 열거한 부분은 세상에 태어나서 부모의 말귀를 알아들을 때부터 밥상머리에서 귀가 닳도록 반복해서 들은 이야기들이다. 유태인들의 탈무드에서와 같이 밥상머리 교육은 한 사람이 살아감에 지침서 역할을 한다.

산업화로 인한 대가족제도의 붕괴

산업화가 이루어지면서 가장과 노동력이 있는 젊은이들은 산업 현장인 공업단지와 사무실이 있는 도시로 이동을 한다. 또한 어린 이들도 현대식 교육을 받기위해 교육기관이 있는 도시로 이동을 한다. 그곳에서 생활터전을 마련하고 가정을 꾸민다. 따라서 대가 족제도는 자연스럽게 붕괴를 하고, 핵가족이 탄생을 한다. 명절이 되면 연어의 꿈을 이루기 위해 많은 사람들이 귀향을 하게 되고 교통수단인 기차와 버스는 몸살을 앓는다.

이는 산업화 초기 단계의 현상이다. 이제는 공룡의 꿈을 실현하 기위해 산업현장이 한국이 아닌 세계 속으로 빨려 들어가고 있다. 국력이 팽창하는 속도에 맞추어 세계 곳곳으로 인구가 이동을 한 다. 핵가족이 다시 핵분열을 한다. '둘만 낳아 잘 기르자' 라는 표 어는 1970년대의 이야기이다. 애기를 하나만 낳는 가정, 더 나아 가면 결혼을 포기하고 혼자 사는 독신자의 수가 늘고 있다.

밥상머리 교육으로 가는 길

1. 전업주부 만큼이나 맞벌이 주부의 숫자가 늘고 있다. 하루에 한 끼라도 가족이 함께 식사를 할 기회를 가져야 한다. 주말은 이

틀이나 된다. 어려우면 하루라도 가족이 함께 하면, 부부에게는 소통의 장이 되고 자녀에게는 인성교육의 장이 됨을 명심해야 한다.

2. 거리에는 비만인 아이들이 활보를 한다. 식사준비는 엄마가 또는 부부가 공동으로 마련을 해야 한다. 손이 미치지 못하면 할머님께 의뢰를 해서라도 정성이 깃든, 유기농산품을 소재로 한 우리 음식물을 애들에게 제공해야 한다. 맵고 짠 김치와 깍두기를 물에 씻어서 먹이기 시작을 하면 우리 음식에 익숙하게 된다. 어른이 돼서도 엄마의 손맛을 그리워하는 것을 잊으면 안 된다. 인스턴트(instant) 식품이 인체에 미치는 영향을 알면, 만연하는 아토피성 피부질환을 염려할 필요가 없다.

3. 족제비가 닭을 입에 물고 다니듯이 아이들을 사교육장으로 이곳저곳 힘들게 끌고 다니지 말아야 한다. 경쟁사회에서 이기는 것도 중요하지만 더 중요한 것은 인성교육이다. IQ가 높은 사람보다는 EQ가 높은 사람이 인생의 최종승자가 됨을 잊으면 안 된다.

4. 애들은 엄마가 정성들여 해준 음식을 가족과 함께 먹으면 성적이 쑥쑥 올라가고 사회에서 성공하는 사회인이 됨은 열 번을 강조해도 좋다는 말을 하고 싶다.

미국 주부들이 한국의 엄마들이 어떻게 훌륭한 자녀들을 키우는가를 배우기 위해 추운 겨울 어느 날 한국을 방문한 적이 있다. 어느 곳에서도 한국 엄마들의 훌륭한 점을 발견을 할 수가 없었다고 한다. 그러나 경주여행을 마치고 서울로 돌아오는 길에 차창을 통하여, 양지바른 곳에서 엄마가 앉아서 애기를 폭 끌어안고 젖 먹이는 모습을 보고는 "아, 이거로군." 했다고 한다. 한국의 엄마는 위대하다. 세계를 누비는 한국인을 기르기 위하여서는 엄마의 사랑이 깃든 밥상머리 교육이 중요함을 다시 강조하고 싶다.

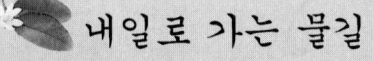 내일로 가는 물길

맑은 물에 뛰놀던 송사리 떼
밀려오는 소 돼지 오수에 쫓겨
흔적 없이 사라지고

용도 폐기된 플라스틱 용기
꿈틀거리는 미꾸라지 몇 마리
삼태기 그물에 걸려들어 춤을 춘다

미꾸라지 뱃바닥이 하늘을 향해
하얗게 뒤집히는 날
우리도 숨 쉴 수 없을 지니

후손을 위해
이기심 흘려보내고
탈 없는 물길 열어
희망찬 내일로 갈지니

나훈아의 손이 지퍼에 5분간 머물러

나훈아 하면 첫 번째로 연상이 되는 것은 김지미다. 인기절정의 젊은 가수와 중년 일류 여배우와의 동거. 그 때 그 당시로서는 쇼킹한 뉴스거리였다. 지금이야 10년 연상의 이혼녀와 결혼을 해도, 다반사로 일어나는 일이기에 뉴스거리가 되지를 못한다. 이럴 경우 상당수의 부모들은 뒷짐을 지고 서서 지키어 볼 뿐이다. 어쩌면 반대를 해도 될 일이 아니기에 체념을 하는지도 모르겠다. 그렇게 세상의 가치관은 많이 변했고 또 끊임이 없이 변화하고 있다. 지금 생각해 보면 그들은 선정적인 면에서 선구자였는지도 모른다.

나훈아 하면 빼놓을 수가 없는 가수가 남진이 아닌가 싶다. 그 당시에는 쌍벽을 이룬 가수였다. 남진이 귀티가 나고 잘생긴 가수였다면 나훈아는 거칠고 끼가 번뜩이는 가수였다. 좀 과한 표현일까? 땀을 뻘뻘 흘리면서 무대 위를 휘젓던 나훈아는 관객을 모두 자기 등에 태우고 광야를 달리는 한 마리의 야생마와 같다. 관객은 모두 그의 끼에 흠뻑 빠지게 하는 마력이 있다. 그의 중간 중간 멘트와 자지러지는 듯한 노래는 남자 냄새가 물씬 풍긴다. 같은 남자도 그에게서 남자 냄새를 맡겠는데, 하물며 여자의 경우 한 번쯤 그런 남자 품에 안겨보고 싶은 충동을 느끼지 않을까? 누가 그런류의 질문을 여자에게 던지면 표면상으로는 징그럽다고 하겠지.

헛소문에 시달렸다는 그는 비바람을 몰고 온 구름과도 같이 TV 화면에 나타났다. 남자 재산목록 1호를 보호하고 있는 지퍼를 조금 내린 채 "더 내려야 믿겠습니까? 아니면 이쯤에서 중단할까요?"라고 기자들에게 묻는다. 그의 이글거리는 눈빛을 보았는가? 성난 사자와 같이 무엇인가 물어뜯어서 갈기갈기 조각을 낼 것만 같은 몸짓을 보았는가? 섬뜩하기까지 했다. 그를 그렇게 화나게 한 것은 어처구니가 없게도, 없는 사실을 있는 것처럼 꾸며서 그를 음해했다는 사실에 공감이 가게 한다.

흥미 위주로 근거가 없는 추측기사를 쓴 기자는 지금 어디에 숨어서 숨을 쉬고 있을까? 기획사는 그간 무엇을 했을까 궁금하기만 하다. 소리가 없는 총이 얼마나 많은 사람의 심금을 울렸던가? 방송국에서는 나훈아의 손과 벌어진 지퍼를 영상처리 했으면 안 되는 걸까? 옆에서 TV를 같이 시청하던 초등학교 상급반의 손녀

딸 보기가 민망했다. 급변하는 세상을 읽지 못하는 늙은이라 민망한 감정을 가진 것일까. 추측기사와 심한 노출은 우리들을 어리둥절하게 한다. 우연히 던진 돌팔매에 개구리가 맞아 죽는다고 했다. 아니면 말고 식의 사고는 이제 없어져야 하지 않을까 하는 생각을 해본다.

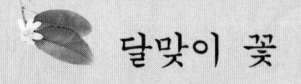 달맞이 꽃

노오란 잎 오므려
진종일 땀 흘리며
마음의 문, 닫고 있음은
그대를 맞이하기 위해서 입니다

아침부터 해질 때까지
삶의 악취와 상처가 싫어
긴 목을 틀며 무작정
해님을 따라가기는 싫습니다

어스름 달밤이면 고단한 발길로 오실 그대
발소리만 들어도
함박, 웃음이 납니다

여울물이 조약돌에 부딪쳐
우는 소리를 듣고 있는 나는
이 밤 샛노랗게 다시 피어납니다

말 속에 묻혀 살아야 하는 우리들

말하기와 듣기

말을 배우는 데는 2년이 걸리지만 듣기를 배우는 데는 60년이 걸린다고 했다. 말을 하는 것이 어렵지만 듣기는 더 어렵다는 이야기이다, 모든 동물들은 특유의 음성과 음색으로 의사소통을 한다. 우리는 상대에게 자기 뜻을 전달하기 위해 말을 한다. 말 한마디가 상대에게 기쁨을 주기도 하고, 깊은 상처를 주기도 한다. 같은 뜻의 말이라 해도 어떻게 하느냐에 따라서 다른 뜻으로 전하기도 한다. 우리의 속담에 어가 다르고 아가 다르다고 했다.

필요할 때만 말을 하는 사람이 있는가 하면 시도 때도 없이, 불필요한 말과 필요한 말을 가리지 못하고 계속하여 말을 해야 하는 사람도 있다. 음식을 먹을 때, 웃을 때, 그리고 사랑하는 이와 입맞춤을 할 때만 입을 여는 사람도 있다. 후자의 경우 대개 남의 말을 경청하고 고개를 끄덕이면서 상대의 말에 긍정적인 신호를 보낸다. 이런 사람을 어느 쪽에서는 과묵하다고 하고 다른 쪽에서는 재미가 없는 사람이라고 한다. 보는 이에 따라서 보는 관점이 다르다. 달변으로 세상을 사는 사람과 과묵하게 사는 사람들을 관심 있게 살펴보면 후천적인 것 보다는 선천적으로 타고나는 것 같다. 한국 사회에서는 과묵하게 사는 사람들이 일반적으로 높은 평가를 받고 산다.

바람직한 대화법

6분간 대화법이란 말에 공감을 한다. 여섯 사람이 앉아서 6분간의 제한된 시간에 대화를 한다면, 화제에 따라서 1분간은 자기 뜻을 말하고 2분간은 상대의 말을 경청한다는 뜻으로 고개를 끄덕인다. 3분간은 상대의 말에 공감을 한다는 뜻으로 '그래', '그렇지' 하며 장단을 맞추라는 것이다. 6분의 대화시간이 주어진 다면 5분간은 열심이 듣고 말하기는 1분간만 하라는 말이다. 상대의 말에 공감을 하거나, 공감을 하지 않는다 해도 상대의 말이 끝나기도 전에, 말하는 중간에 끼어들어서 말을 끊게 하지는 말아야 한다. 상대의 말을 충분히 들은 후 자기에게 주어진 시간을 기다렸다가 1분간 자기생각을 말하면 된다.

우리는 일상에서 토론을 하며 산다. 특히 TV에서 좌담형식의 토론하는 모습을 보게 된다. 그럴 때마다 눈살을 찌푸리게 하는 광경이 있다. 대화법 자체도 모르고 자기주장만을 펼치기에 여념이 없는 토론 모습을 보노라면 고소를 금할 수가 없다. 독재국가라면 토론이 필요 없다. 상부의 지시에 따르기만 하면 된다. 자유민주주의 국가에서 사는 우리가 의사결정을 할 때 토론은 필수다. 자기주장을 조리 있게 펼치고 상대의 의견을 경청해야 함은 기본이며 의무라고 해도 좋지 않을까 한다.

격렬하게 토론을 하고 의사결정이 되면 자기주장과는 다르다고 할지라도 이에 따름이 민주시민의 기본자세이다. 자기 뜻에 반하는 의사결정이 됐다 해서 끝까지 자기주장만을 고집하고, 반대를 위한 반대를 계속하는 사람들을 보노라면 그들의 인격을 의심하게 한다. 미국 대통령에 당선된 민주당 출신 오바마에게 축하의 꽃다발을 보내며 국가대사인 국정 인수인계에 적극적으로 협조하겠다는 공화당 출신 부시 대통령의 말 한마디, 그리고 경쟁자였던 매케인은 어떠했는가? 부시와 같은 맥락의 말을 했고, 큰 틀에서 국정운영에 협조자가 되겠다고 했다. 그들은 하나같이 선거결과에 승복을 한다. 민주당 경선에서 오바마와 힐러리는 치열한 경쟁을 했다. 대통령 오바마는 힐러리에게 국무장관직을 제청했고 힐러리는 장관직을 수락했다. 경선과정에서 그들은 어떻게 자기주장을 전개했고 상대를 공격했는가를 생각해 보았다. 우리의 정치풍토에 잣대를 대고 생각을 하면 다시는 서로가 보지 않을 사람들로 보였다. 우리의 역대 대통령 선거를 떠올려 본다. 한 마디로 부럽기도 하고 부끄럽기도 하다. 하기는, 그들의 대화방법이나 민주주의 훈련은 200년간을 쌓은 결과이다. 우리는 겨우 60년이란 짧은 세월이 있었을 뿐이다. 세월이 가면 우리는 그들보다 더 잘할 수 있다고 자위를 해 본다.

민주주의를 하고 있는 대표적인 국가로는 영국과 미국을 빼 놓을 수가 없다. 정적(政敵)인 상대에게 날카로운 질문을 하면, 상대는 웃는 얼굴로 재치가 넘치는 화답을 한다. 몇 가지 예를 들어 보자.

1. 1984년 재선에 도전한 공화당 후보 레이건은 73세였다. 민주당 후보 먼데일은 레이건의 나이를 문제 삼고 싶었다. 미국 전역에 생중계가 되는 TV토론이니 후보자들은 얼마나 긴장이 됐겠는가? 어떤 가시 돋친 질문이 날아올지를 모르는 상황이니 말이다.

"귀하의 나이에 대하여 어떻게 생각하십니까?"
나이를 문제 삼는 질문이 먼데일 입에서 튀어 나왔다.
"나는 이번 선거에서 나이를 문제 삼을 생각은 전혀 없습니다."
시치미를 뚝 뗀 함축성 있는 레이건의 화답이다.
"그게 무슨 뜻입니까?"
먼데일이 유도망에 걸려든 또 다른 질문이다.
"당신이 너무 젊고 경험이 없다는 사실을 정치적으로 이용하지 않겠다는 뜻입니다."

먼데일의 공격을 되받아 역공을 한 재치가 넘치는 답이다. 유권자인 전국의 시청자는 배꼽을 잡고 유쾌한 웃음을 터뜨렸고 동석을 한 먼데일도 웃을 수밖에 없었다. 선거결과는 레이건의 승리로 끝이 났다.

2. 당시 총리였던 처칠은 회의 도중 생리적인 현상으로 급하게 화장실에 갔다. 사사건건 물고 늘어지는 노동당 당수가 일을 보고 있었다. 처칠은 노동당 당수와의 만남이 어색해서 머뭇거리다가 떨어져 있는 변기에서 일을 시작했다.

"총리, 왜 그렇게 화장실에서까지 나를 피하시오."

어색함을 피하려고 노동당 당수가 말을 걸었다.

"당신들은 큰 것만 보면 무조건 국유화해야 한다고 하니까요."

남성의 재산목록 1호가 큰 것을 은근히 자랑하면서 상대를 비꼬는 화답이다. 정치적으로 의견을 달리하는 두 사람의 우연한 만남에도 웃음꽃이 활짝 핀다. 유머가 있는 말 한 마디가 아닌가 한다.

3. 정계에서 은퇴한 처칠이 한 파티에 참석을 했다. 늙은 그는 화장실에 다녀온 후 앞 지퍼를 닫지 않은 채 연회장에 나타났다. 어느 부인의 눈에 처칠의 열린 지퍼가 눈에 보였다.

"처칠 경! 앞 지퍼가 열려 있어요!"

부인의 용기 있는 지적이다.

"걱정마시오. 새장에 갇힌 늙은 새는 문이 열려 있어도 밖으로 나가지를 못 한답니다."

본인이 늙었음을 암시하는 얼마나 재치가 넘치는 화답인가? 닫힌 마음으로 상대를 공격하는 것 보다 얼마나 여유가 있어 보이는가? 그들은 열린 마음이기에 여유가 있는 열린 화답을 할 수 있지 않나 하는 생각을 지울 수가 없다.

막말과 상대에게 감동을 주는 말

우리세대는 고등학교 시절 표준어의 정의를 '현재 중류사회에서 쓰는 서울말'로 배웠다. 1988년 문교부 고시로 '교양 있는 사람들이 두루 쓰는 현대 서울말'로 다시 바뀌었다. '교양이 있는'이라는 구절에 문제가 생긴 것 같다. 변경을 한 사람들의 취지는 막말이 아닌 품위가 있는 말 이라는 뜻이 아닐까 하는 생각이다. 그러나 듣는 쪽에서 보면 사투리는 교양이 없는 사람들이 쓰는 말이라고 들을 수도 있다. 옳고 그름을 떠나서 서울에는 서울 사투리가 있듯이 서울에서 60km 밖에 떨어지지 않은 내 고향 평택에도 특유의 평택사투리가 있다. 각 지방마다 특유의 사투리가 있다. 인디언은 부족마다 부족어가 있다. 중국은 북경어가 있는가 하면 광둥어 등 얼마나 많은 지방 말이 있는가? 그들은 표준어가 북경어로 되어 있지만 대학교수회에서도 영어로 말을 해야 의사소통이 잘된다고 했다. 사투리를 폄하하거나 없애 버릴 생각이라면 상대를 존중하지 않는다는 뜻이고 언어의 말살정책과 다름이 없다.

입만 열면 쌍시옷이 들어가는 말을 하는 사람이 있다. 때와 장소 그리고 말하는 사람에 따라서 뜻이 다르게 전달될 때도 있고, 누가 말을 하느냐에 따라서 막말이 푸짐하고 구수하게 들릴 때도 있다. 사투리로 말을 할 때는 정겹기까지 하다. 표준어를 쓰든 사투리를 쓰든 언제나 진실성이 밑바닥에 깔려 있어야 공감이 간다. 이곳에서는 이곳 편들기 위해 아첨하는 말을 하고 저곳에 가면 다른 말을 하는 정치인들을 보게 된다. 거짓이 많아 신뢰가 가지 않는 정치인이다. 남에게서 들은 이야기, 특히 개인 신상에 대한 말을 여과 없이 이곳저곳에 흘리고 다니는 사람이 많다. 이런 사람들은 인터넷상에서 근거도 없는 말을 전해서 상대를 자살까지 하기도 한다. 언어의 폭력이다. 어눌하게 말을 해도 상대에게 뜻이 정확하게 전달을 하는 사람이 있는가 하면, 말이 빠르고 발음이 정확하지 못해 상대는 뜻을 이해 못한 채 눈만 껌벅 거리고 있는 경우도 있다. 한 마디 한 마디가 상대에게 유익한 말만 하는 사람이 있는가 하면, 입에서 말이 튀어 나올 때마다 상대에게 깊은 상처를 주는 말만 골라서 하는 사람도 있다. 입을 열 때마다 공해를 쏟아내는 말, 특히 술좌석에서 술을 못하는 입장에서 보면 인내의 한계를 느낄 때가 많다. 영양가도 없는 말을 반복해서 하는지 말이다. 다변이라 하더라도 유머가 있고 메시지가 있는 품격을 갖춘 말이라면 우리는 시간이 가는 줄도 모르고 경청을 하게 된다. 살아가면서 언제나 아름답고 고운 말만을 사용하여 상대를 따뜻하게 할 수는 없다. 때로는 감정이 격해서 한 말을 쓸어 담지 못해서 절절매는 우리들의 자화상을 보고는 한다. 그래서 세 뿌리를 조심하라고 했던가? 세 뿌리 중에서도 세치도 안 되는 혀를 조심할 일이다.

노인들의 대화

생각은 말을 하게 하고 말은 행동으로 이어진다. 말과 행동이 같을 경우, 우리는 언행일치라고 한다. 우리는 그런 사람을 신뢰한다. 우리는 말과 행동이 다른 사람들을 수없이 보면서 살아왔다. 우리는 대화를 통하여 생활에 필요한 정보도 얻고 삶의 지혜도 얻는다. 대개의 경우, 노인들의 대화는 순조롭게 이어지지 못한다. 대화 중, 자기의 뜻과 상반되는 말을 하는 사람의 말을 끝까지 듣지 못한다. 남의 말 중간에 끼어들어 화를 먼저 낸다. 상대는 화를 낸 사람에게 다시 공격적인 말을 하고 그렇게 다툼은 시작된다. 상대의 의견을 듣지도 않고 자기생각의 정당성만을 주장한다. 공격을 당한 사람은 서슴없이,

"너는 나쁜 놈이야."

"너는 바보천치야."

"너를 다시는 안 보겠어."

등등의 막말을 한다. 마무리는 늘 매끄럽지 못하게 다툼으로 끝을 맺는다. 뒷맛이 개운치 않다.

노인들의 목소리는 항상 크다. 늙을수록 목소리의 강도는 높아진다. 청각장애 때문이다. 청각장애가 있으니 대화상대의 음량이 작은 말을 들을 수가 없다. TV의 음량도 높여야 정상으로 시청할수 있다. 휴대전화도 마찬가지다. 소음이 많은 곳에서는 음량을 최대한으로 높여도 들리지 않는다. 그래서 수시로 휴대전화 화면을 확인해야 한다. 취미도 다르고 들을 수 있는 음량도 다르니 젊은이들과 함께 TV도 시청할 수가 없음은 당연한 일이다. 청각장애가 있는 노인들의 대화에는 자연히 목소리가 높을 수밖에 없다. 실내가 열려 있는 술좌석에서 술이 얼큰하게 취한 노인들의 대화는 젊은이들이 듣기에는 불편하겠지만 노인들은 어쩔 수 없는 일이다. 노인들만의 공간에서 술을 마시면 된다.

부녀자와 젊은이들과 함께 이용해야 하는 전철에서는 말을 줄이고 서로 서로 조심을 해야 하지 않을까? 노인의 음성이 커서, 상대가 몸 둘 바를 모르게 난처해지는 입장은 피해 주어야 한다는 생각을 한다. 매일 샤워를 해서 몸을 깨끗이 하듯이 마음도 비우고, 말도 정화해서 소곤거리는 듯한 대화를 나누는 노인들을 가끔 본다. 옆에서 보기에도 아름다워 보인다. 학같이 우아하고 곱게 늙어가는 우리였으면 하는 바람을 가져 본다. 묘원이란 분은 말에 대하여 이렇게 얘기했다.

자위로 말하지 말고
욕망으로 말하지 말고

화를 내면서 말하지 마십시오.

자애로움으로 말하고
내용을 알면서 말하고
상대를 고려하면서 말하십시오.

잘못 말했다면
정중하게 사과하고
더 이상 말하지 마십시오.

세
월
에

묻
혀

까불지 마라

'까불지 마라' 라는 말이 한동안 결혼생활을 하는 분들 사이에서 유행한 적이 있다. 외출하는 아내가 신랑에게 전하는 당부의 말이다.

'까불' 은 아내가 부재중에 가스불조심하고,

'지' 는 섹스 상대자가 없으니 사나이의 지퍼를 아무데서나 내리지 말고,

'마' 는 아내가 여행을 마치고 돌아오는 날에 맞추어 마중을 나오라는 말이다.

'라' 는 라면은 김치냉장고 옆에 있으니 배가 고프면 언제나 꺼내서 먹으라는 말이다.

여권이 신장된 한국사회의 단면을 보여주는 말이다. 옛날 우리 어머니와 현재의 아내를 비교해 보면 격세지감이 있다. 다음 세대에는 우리의 상상을 초월하는 세상이 기다리고 있음을 예측할 수

있다.

가스불에 대한 걱정은 이제 끝이다. 외출 시에는 가스불을 끄고 나왔는지 그냥 나왔는지 마음을 졸이게 한다. 헬스클럽에서 땀을 뻘뻘 흘리면서 운동을 하고 있는데, 사색이 된 아내가 뜬 구름 같이 나타나서 망두석(望頭石)이 되어 말을 못 하고 우두커니 서서만 있다.

"왜, 그래?"
"큰일 났어, 가스불을 끄지 않고 나왔어!"
"앞 집 전화번호는 알아?"
"몰라!"
"그럼, 수위실 전화번호는?"
"그것도 몰라!"
사시나무 떨듯이 덜덜 떨고만 있는 아내가 안쓰러웠다.
"걱정 하지 마! 내가 가서 해결을 하고 돌아올게!"
대책도 없으면서 아내를 안심시키는 말만 남긴 채 주차장으로 달려갔다.

어차피 일은 난 일이다. 집에 불이 났다면 그동안 쌓아올린 탑이 하루아침에 물거품이 된다. 자동차에 쌍 라이트를 켜고 대로를 달렸다. 양재동에서 남태령 고개까지 순식간에 달려왔다. 등에는 식은땀이 흥건하다. 고개 마루에서 동네를 내려다보았다. 검은 연기도 소방차도 보이질 않는다. 다행이란 생각이 들었다.

　마당에서 보니 거실에 자욱한 연기가 유리창에 비친다. 현관 비
밀번호가 생각나지 않는다. 손만 덜덜 떨린다.
　'이러면 안 돼지' 하면서 마음을 진정시키니 기억이 난다.
　문을 열고 거실로 성큼 발을 들여 놓으니 송장 타는 냄새가 거
실에서 진동을 한다. 주방에는 타다 남은 달걀 몇 개가 남은 채,
냄비는 벌겋게 달아 있었다. 휴-우

　가스 잠금 창치 옆에 스톱워치를 달았다. 최장 20분 이내에 가
스불이 자동으로 꺼지고, 10분에 맞추어 놓으면 10분에 정확하게
불이 꺼진다.
　"원! 세상에, 이렇게 편한 문명의 이기가 있는데." 하고 혼자서
중얼 거렸다.

우리 탁탁 튀는 불꽃이 될까

봄이 오면
피어나는 꽃잎의 속삭임
꽃이 지면
닫는 유리창의 도르래소리

마주만 해도
가슴이 울렁거리고
차오르는 이 기쁨

젖은 참나무 장작에
검불 쏘시개로 불을 지펴
우리, 탁탁 튀는 불꽃이 될까

평생원수라는 아내를
퇴직 후에는 어떻게 해야 하나?

아내 길들이기

60이 넘은 아내를 길들인다? 소가 웃을 일이다. 소가 머리를 흔들 때마다 딸랑딸랑 소리를 내는 워낭소리보다도 더 크게 소리를 내어 웃을 일이다. 소를 길들이기 위해 소가 태어난 지 1년 또는 2년이 되면 천형(天刑)인 코뚜레를 소의 코에 끼운다. 말도 처음에는 야생마로 놓아기르다가 어느 정도 크면 어려운 길들이기 과정을 거쳐 말등에 안장을 올린다. 이 또한 천형이다.

사람도 세 살 버릇이 여든까지 간다고 했다. 어릴 때의 습관이 일생을 지배한다는 이야기이다. 아내는 남편의 나쁜 버릇 때문에, 남편은 아내의 나쁜 버릇 때문에 스트레스를 받고 살아야 하니 상대를 평생원수라고 하면서 일생을 산다. 내가 먼저 상대가 싫어하는 일을 중단하고 좋아하는 일만을 한다면 자연스럽게 상대도 변한다는 사실을 알면서도 실행하지 못하고 우리는 산다. 이런 삶이 60을 넘은 부부 중에 상당수가 있고, 때로는 황혼이혼으로 이어지기도 한다. 불행한 일이다.

가정을 지옥으로 만들 것이냐, 천당으로 만들 것이냐는 본인 마음으로 결정을 하고 몸으로 실행을 하면 될 일이 아닐까? 지이불행(智而不幸)이라. 알면서도 실행을 못하고 살아온 것이 우리의 삶이 아닐까 하는 생각을 하면서도 늘 뒷북을 치고 후회를 하면서 일생을 살아오고 있다. 숨이 거두어지는 날 우리는 무엇이라고 변명 아닌 변명을 할까 생각해 본다.

아내는 가족을 위해 가정을 지키느라 평생을 봉사하는 마음으로 살아왔다. 남자들은 정년이란 덫에 걸려 생활전선에서 물러나면 아침이면 갑자기 갈 곳이 없어진다. 그래도 한동안은 점심을 먹자는 사람들도 있고, 저녁이면 진한 술잔을 기울이자는 전화도 온다. 굴레를 벗은 해방감도 있어서 즐거운 여행도 하고, 바빠서 읽지 못 했던 책도 읽는다. 이 모든 행사는 오래 가지를 못한다. 일정기간이 지나고 나면 집에 머무는 시간이 많아진다. 남편은 일생을 일터에서 일만 하면서 살아왔고, 퇴임 후에는 남편이 의지할 곳은 오르지 아내뿐이다. 아내의 생각은 다르다. 60 전후의 아내는 자유로워지고 싶어 한다. 두 사람의 생각이 다르니 아내와 문제가 생기기 시작한다.

아내의 공간

전화벨이 울리면 아내는 쏜살같이 달려가 수화기를 잡는다. 남편의 눈치를 흘끔흘끔 보면서 상대와 긴 대화를 한다. 아내의 이런 행위를 지나치는 남편은 별로 없다. 업무적인 대화만이 몸에 익숙한 남편으로서는 모두가 쓸데없는 대화로 받아들여진다. 사는 이야기로 시작을 해서 남 흉보기 등등. 한 마디로 쓸 데가 없는 말을 주고받는다. 남자가 하루에 사용하는 단어는 10,000개이고 여자가 하루에 사용하는 단어는 25,000개라고 했다. 친구들과 많은 대화를 나누면서 스트레스도 해소하고 때로는 삶의 지혜도 얻는다. 여자의 긴 대화를 남편이 싫어하니 남편이 좋아 보일 수가 없다. 남편이 집에 없을 때는 아무렇지도 않은 일인데 남편이 집에 있어 생기는 일이다.

혼자서 집에 있을 경우에는 친구들과 만나서 밥을 먹기도 하고, 귀찮으면 굶기도 하고 대충대충 넘어간다. 남편이 집에 있으니 하루 세끼 밥상을 꼬박꼬박 준비해야 한다. 식성이 까다로운 사람일 경우, 얼마나 신경이 쓰이는 일이냐? 없던 일이 생긴 것이다. 아래 이야기는 요즈음 가정주부들 사이에서 떠돌아다니는 우스갯소리이다.

아침밥도 집에서 먹지 않고, 집에서 일찍 나가서 저녁 식사까지 해결하고 돌아오는 남자는 영식이 님.

아침밥만 집에서 먹고 저녁까지 먹고 오는 남자는 일식(一食)이 님.

아침과 점심 두 끼를 집에서 먹는 남자는 이식(二食)이 놈.

하루 세 끼를 모두 집에서 먹는 남자는 삼식(三食)이 새끼

하루 세 끼를 집에서 먹고 밤이면 밤참까지 해달라고 하는 남자는 사식(四食)이 ×새끼.

웃자고 만들어낸 이야기이지만 뜻하는 바가 크다. 남자는 퇴임 전에 일터에 가면 아침부터 회의를 주제하고 중요한 일에 대하여 최종결정을 한다. 눈코 뜰 새가 없이 바쁘다. 부하직원이 알아서 제공하는 서비스도 있지만 입에서 말만 떨어지면 커피부터 자동차까지 즉시 대령을 한다. 일터에서 물러나면 일거리가 없어지고 서비스도 없어진다. 물론 수입도 없어지거나 적어진다. 남편은 잃어버린 것 중에 상당부분을 아내에게서 찾으려 한다. 아내는 예기치 않은 일들에 당황하고 때로는 감당하기에 힘이 든다.

아내는 아내의 공간이 있다. 남편이 일터로 가고 나면 그가 돌아올 때까지 집안 전체가 아내의 공간이다. 아내는 아침일이 끝나면 커피 한 잔 끓여 놓고 모락모락 피어나는 커피 향을 맡으며 좋아하는 음악도 듣고, 연속극도 시청하고 때로는 친구와 수화기를 들고 시간이 가는 줄도 모르고 재미있게 이야기꽃을 피운다. 오랫동안 이야기를 나누어도 성이 차지 않으면 '야! 전화 간단히 끊고 만나서 이야기 하자'로 끝을 맺고는 내친김에 외출복으로 갈아입고 밖으로 나간다. 보통 여자의 하루 행복이다.

어느 날 갑자기 남편은 아내의 공간을 침범하고 비서 역할에 하루 세 끼 밥까지 준비를 해야 하니 얼마나 짜증이 나는 일인가? 그뿐인가 상실감에 사로잡힌 남편의 퉁명스런 말투는 시퍼런 칼날이 되어 아내의 가슴을 저민다. 아내는 인내의 한계를 느낀다. 남편은 일생을 일터에서 일만을 했고 퇴임 후에는 아늑한 보금자리에서 푹 쉬고 싶어 한다. 보금자리에 가시가 있음을 아는 남자가 몇이나 될까? 애지중지 키워온 자식들도 하나 둘 모두 가정이라는 보금자리에서 떠나서 또 하나의 가정을 이루고 산다. 남편이 퇴직을 할 즈음이면 텅 빈 집에 황혼의 부부만이 남는다. 하지만 아내는 남편의 인격적인 대우와 자신만의 공간에서 자유를 만끽하면서 살고 싶어 한다.

남편이 골칫덩어리라고?

퇴직 후 가정에서 남편의 위치는, 아내의 입장에서는 이렇게도 할 수도 없고 저렇게도 할 수도 없는 아주 뜨거운 감자다. 급한 대로 우선 앞 치마폭에 넣을 수밖에 없다. 손에 오래 들고 있으면 손에 화상을 입게 되고, 입에 넣으면 입천장에 심한 화상을 입게 된다. 남편의 적응기간 동안 기다리는 것이 최상의 길이다. 눈치가 없는 남편일 경우에는 남편의 자존심을 건드리지 않는 범위 내에서 아내의 뜻을 정중하게 전하는 것도 하나의 방법이다.

• 집에 함께 있는 시간이 많아지니 남편의 보호본능은 아내에게 간섭으로 비치고 잔소리로 들린다. 아내가 제일 싫어하는 덕목이다. 사물을 보는 시각이 서로 다르다. 오랜 관습이다. 충돌이 일어난다. 상대를 이해하기 보다는 고집불통으로 비친다. 남편은 골칫덩어리이다.

• 부부모임, 시장보기와 나들이 등등 함께 외출을 할 경우가 많아진다. 또 다툼이 생긴다. 혼자서 가면 편하던 일이 비비 꼬인다. 남편은 짐 덩어리로 치부된다.

• 짐 덩어리를 혼자 집에 놓아두고 핑계를 대고 외출을 한다. 밥은 잘 챙겨 먹었는지, 가스불은 잘 관리를 하는지 걱정이 태산과도 같다. 어린아이를 우물가에 놓아둔 것과 같다. 남편은 걱정 덩어리이다.

• 남편 혼자서 외출을 한다. 노인정 또는 친구들과 만나서는 사소한 일로 남과 싸우고는 화를 삭이지 못하고 집에 와서도 사소한 일에 화를 낸다. 그 뿐인가 엉뚱한 문서에 도장을 찍고 돌아온다. 판단이 흐린 결과이고 노후생활에 경제적인 지장이 온다. 남편은 사고 덩어리이다.

• 남편이 하는 일마다 사고를 치니 남편을 자식들 집에 맡기고 여행을 한다. 분수를 모르고 행동을 하니 이도 한두 번이 아니고 사사건건 문제를 발생시킨다. 자식들도 이런 부모를 좋아 하겠나? 남편은 구박 덩어리이다.

• 늙어 이마에는 쪼글쪼글 주름살이 깊고, 머리칼에는 흰 눈이 내려 하얗다. 볼품이 없고 과붓집 수캐같이 사고만 치고 다닌다.

매끼마다 한 주먹씩 약을 입에 털어 넣는다. 종합병원이다. 얼마 남지 않은 인생이 불쌍해 보인다. 젊어서 기세등등하던 남편이 힘 없는 늙은이로 다가온다. 옛날 한참 때의 남편이 아니다. 눈가에 이슬이 맺힌다. 자식들은 모두 늙은 우리를 이해 못한다. 대화상 대가 되어 주고 그래도 기댈 곳은 부부 밖에 없다. 그래서 남편은 사랑 덩어리이다.

어느 연구기관에서 조사한 바에 따르면, 남편이 노후에 중요시 하는 순서는 건강, 아내, 취미, 친구, 재산이라고 했다. 아내가 중 요시 하는 순서는 건강, 재산, 취미, 친구, 남편이라고 했다. 중요 시 하는 순서에서 읽을 수 있는 것은 남편은 부인을 중요시 하나, 아내는 남편을 그렇게 필요로 하지 않는다. 남편은 재산을 중요시 하지 않으나 아내는 재산을 중요시함을 알 수 있다. 이는 아내는 건강하고 돈만 있으면 남편은 없어도 된다는 이야기이다. 바꾸어 말하면 본남편 죽은 후에는 외로워서 재혼을 하는 경우는 적다는 이야기라면 논리의 비약일까? 현격한 인식의 차이다. 인식차이의 빈 공간을 어떻게 채우면서 사느냐 하는 면에서는 부부의 지혜를 필요로 한다.

평화로운 가정 만들기

퇴직 후 원만한 가정을 이루기 위하여 남편은 지배와 보호본능 그리고 자존심을 버리고 가정에 적응을 빨리하면 할수록 마음고생을 줄일 수가 있다. 아내가 가정에서 반복적으로 해야 하는 일은 밥 짓기와 빨래, 설거지 그리고 청소이다. 퇴직을 한 남편은 아내의 일상에 무작정 뒷짐 지고 끼어들어서는 안 된다.

• 우선 남편은 가사분담을 해야 한다.

가사분담으로 집안일을 익히는 것은 부인이 남편보다 세상을 먼저 뜰 경우나, 아내가 건강을 잃었을 때를 위해서도 준비를 해야 한다. 백지장도 맞들면 낫다고 했는데 여자가 일생동안 혼자서 하던 일을 남편이 도와주면 얼마나 좋겠는가. 남편 혼자서도 집안일을 해결할 수가 있다면 아내는 자유로울 수가 있다. 아내가 정다운 친구들과 며칠간 여행을 해도 남편이 먹을 곰국을 끓여 놓을 필요가 없다. 집에 아무도 없으면 라면이라도 끓여서 먹는 남편이 되어야 한다. 지금 60~70대들은 대부분 군대생활을 통하여 밥 짓기, 설거지하기, 청소, 세탁, 다림질 모두를 배웠다. 아내 없이 할 수 있는 능력이 있다. 체면 때문에 아내가 없으면 시집간 딸이라도 불러서 가사에 도움을 받아야 하는 남편은 불화의 불씨를 안고 사는 남편이라 해도 과언은 아니다.

• 둘째로 감정조절을 해야 한다.

아내는 사랑을 먹고 산다. 따뜻한 말 한 마디는 아내의 마음을 포근하게 한다. 반찬이 짜면 싱거운 반찬과 섞어 먹으면 되고, 싱거운 반찬이면 소금 또는 간장을 조금 넣어 간을 맞추어 먹으면 된다. 아내도 나이가 들면 감각기관이 무뎌져서 간을 잘 못 맞추기도 한다. 지어 놓은 밥이 고슬고슬 해야 하지만 때로는 진밥을 만들 수도 있고 된밥을 만들 수도 있다. 물을 말아서 맛있게 먹어 주면 된다. 일일이 탓하고 잔소리를 하면 아내의 속은 뒤집어지고 반감이 생기며 매사에 자신감을 잃는다. 가는 말이 고와야 오는 말이 곱다. 속이 뒤집어진 아내 입에서 좋은 말과 행동을 기대할 수가 없다.

나이가 든 남편은 자기가 생각하고 있는 규범 외에 상대의 말이나 행동을 보면 버럭 화를 먼저 낸다. 불가의 삼독(三毒) 중에 하나가 성냄이다. 늙어서 호르몬 분비에 이상이 온 거다. 화를 내면 스트레스 호르몬이 증가하고, 이는 세로토닌의 농도를 떨어뜨린다. 신경조절 호르몬 분비에 이상이 올 수밖에 없다. 상대는 깊은 상처를 입게 되고 심하면 우울증의 시초가 된다. 부부 중에 한 사람이 우울증에 걸리면 되돌아 올 것이 무엇인지는 불을 보듯이 뻔하다. 화가 날 때는 깊은 심호흡을 하고, 한 발 뒤로 물러설 필요가 있다. 참을 인(忍) 자가 셋이면 살인도 막는다고 했다. 참는 자에게 복이 온다는 말을 되씹어 볼 일이다.

• 셋째로 공동의 취미 생활을 해야 한다.

여자는 사랑이야기를 듣거나 보는 것을 좋아한다. 남자는 늙어도 공격적인 액션이나 전쟁 관련 드라마 또는 스포츠 중계를 좋아한다. 따라서 언제나 텔레비전 방송을 놓고 채널선택권 전쟁이 일어난다. 남자는 산으로 들로 뛰어다니는 역동적인 스포츠를 즐기나, 여자는 조용히 앉아서 사물을 관조하거나, 정다운 이들과 이야기꽃을 피우는 것을 좋아한다. 대개의 경우 취미생활에도 구조적으로 다름이 있다. 그러나 끝까지 다를 것 같아도 찾아보면 부부사이에는 공통분모가 있다. 부부가 중요시 하는 순서에서 1위는 똑같이 건강이라고 했다. 함께 산책하기, 함께 여행하기, 함께 사진 찍으러 다니기, 함께 조그마한 농사일하기, 스포츠로는 함께 탁구하기, 수영하기, 골프치기 등등 너무나 많다. 이렇게도 많은 일들 중에서 공통분모를 찾을 수 없다면 근본적으로 문제가 있는 부부이다. 노부부가 서로의 손을 잡고 산책하는 모습은 한 폭의 그림과도 같이 아름다워 보인다.

• 넷째로 남자는 밖으로 돌아야 한다.

아침을 먹고도 남자가 집에 앉아 있는 것 자체가 여자에게는 스트레스를 준다. 남자가 아무리 가사분담을 해주고 아내를 위해 여러 가지 일을 할지라도 하루 종일 집에 있으면 여자는 숨을 못 쉴 정도로 갑갑해 한다. 이유는 간단하다. 공간을 빼앗김으로써 자유롭게 행동을 할 수가 없기 때문이다.

퇴임 후에 남자들에게는 할 일이 많다. 직장 때문에 할 수 없었던 일을 하나하나 해 나가자면 하루해가 모자란다. 문제는 "내가 이 나이에 뭘 해!"라는 생각을 하고 집에 주저앉을 때가 문제이다. "인생은 이제부터다"라는 생각을 하면서 살면 하루가 쏜살같이 날아난다.

새롭게 하는 일이 집에서도 할 수 있는 일이라 할지라도 외부에 장소를 마련하고 그곳으로 출근을 해야 한다. 신혼부부가 아닌 황혼부부는 아침에 헤어지고 밤에 다시 만날 일이다.

• 다섯째로 상대를 배려해야 한다.

남편이 퇴직 전보다도 퇴직 후가 더 좋다는 느낌을 주도록 배려를 하는데 싫어하는 여자가 있을까? 역으로 말하면 가정이 따뜻하고 아늑한 보금자리로 느껴지는 남편의 심정은 어떨까를 생각해 보자. 서로의 배려가 없이는 있을 수가 없다. 댄스를 업으로 하고 댄스에 능숙한 남자를 우리는 강남제비라고 한다. 강남제비에 걸려든 여자들의 대부분은 몸과 재물을 제비에게 스스로 바친다. 제비가 여자에게서 갈취하는 경우는 없다고 한다. 남편에게서 받지 못했던 인격적인 대우를 받고 보면 너무나 황홀하다는 이야기이다.

인격을 존중 받으면서 살고 싶은 것은 모든 사람들의 염원이다.

일생을 통하여 봉사하는 마음으로 산 아내가 가족에게 특히 남편에게 늙어서까지 무시를 당하는 것은 참을 수 없는 치욕으로 생각을 한다. 황혼이혼을 많이 처리해본 변호사들의 이야기를 들어 보면 소송을 제기한 아내의 태도는 움직일 수가 없다고 했다. 홧김에 충동적으로 제기한 소송이 아니라는 말이다. 일생동안 자식들 때문에 참고 견디어온 수모이기에 만류하는 변호사를 오히려 설득하려 한다고 했다. 남편으로서는 선택의 기회가 없다. 고개 숙인 남자로 살 것이냐 아니면 부인에게 인간다운 삶을 살 수 있게 하느냐가 아닌가 한다.

정신적으로는 남편보다도 강한 부인이 많다. 그러나 육체적인 면에서는 남편이 강하다. 그래도 아내가 맞수라는 생각을 하고 사는 남자가 있을까? 북악산 정상에 서서 밑에 깔려있는 작은 산줄기와 시내를 바라다보면 다른 세상이 보인다. 남편은 정상에 있고 아내는 작은 산줄기라는 생각을 하면서 살면 안 될까? 위에서 내려다보는 세상은 아름답다. 황혼기란 인생여정의 종착역에 다다름을 의미한다. 죽음의 절벽은 넘을 수가 없다. 우리는 180만의 경쟁을 뚫고 세상의 빛을 보았다. 그리고 수억만의 사람 중에서 맺은 부부의 인연이다. 얼마 남지 않은 세월을 아옹다옹 하면서 살 필요가 있을까? 가정의 평화는 남편의 넓고 깊은 가슴 그리고 따뜻한 아내의 사랑으로 만들어지며, 서로의 모자라는 부분을 채워 주면서 나머지 인생을 수놓으면서 살아감이 평화로운 가정을 꾸리는 것이란 생각을 해본다.

세월에 밀려

세월에 밀려
새둥지로 자식들 떠나고
둘만의 황혼 살이

누운 마음 일으켜
힘찬 날갯짓으로 창공을 날게나
당신의 손발이 되어 줄게

좋아하는 당신의 꽃
빽빽하게 심어 보소
내 마음 밭, 텅 비워 놓을게

힘들면 날개 접고
편히 기대게나
튼튼한 어깨로 받쳐줄게

가는 세월을 어찌 하겠는가?

학교를 함께 다닌 인연으로 지금도 가끔 동기동창들과 만나서 회포를 풀고는 한다. 상당수의 친구들은 바람이 되어, 살아있는 친구들에게 시원함으로, 별이 되어 높은 하늘나라에서 반짝반짝 빛만을 보내준다. 말을 할 수가 없고 만날 수도 없다. 그들은 한 발 앞서 영원히 자연으로 돌아갔다.

살아 숨 쉬고 있는 친구들도 식후엔 몇 알의 약을 입에 털어 넣는다. 눈이 침침해서 글을 잘 읽을 수가 없고, 귀가 어두워져서 친구들과 말을 할 때는 귀를 토끼 같이 쫑긋이 세우고는 한다. ARS로 기계와 통화를 한다. 몇 번을 누르세요. 또 몇 번을 누르시고 해당되는 몇 번을 누르세요. 기계의 지시에 따라서 기계와 대화를 나누다 보면 "귀하는 오류를 범했으니 다시 시도를 해주십시오!"라는 말이 귀를 때린다. 정신을 바싹 차리고 손을 빨리 빨리 움직여야 소기의 목적을 달성할 수가 있다. 영리한 노인들은 0번을 눌

러 상담원과 대화를 나누기도 하고, 집 또는 사무실에 앉아서 은행에 갈 필요 없이 텔레뱅킹도 거뜬히 한다.

구두를 사기위해 상품권 판매소에 갔다. 작년에는 정가에 50퍼센트를 할인해서 판매를 했는데 금년에는 17퍼센트를 할인해서 판다고 했다. 상품권을 사들고 판매소엘 갔다. 그곳에는 해당상품이 없으니 아울렛(Outlet)으로 가란다. 단어의 중간에 있는 'T'를 정확히 'ㄹ'로 발음한다. 미국식 영어다. 적절한 우리말은 없을까를 혼자서 곰곰이 생각해 보았다. 거리를 다니다 보면 국적불명의 간판이 수없이 늘어서 있고 공영매체인 수상기나 신문을 읽다 보면 새로운 단어들이 툭툭 튀어 나온다. 새로운 전문용어야 어쩔 수 없는 일이지만 우리글로 표현을 해도 될 말들을 외래어를 왜 사용하는지를 모르겠다. 자연스런 외래어를 받아들이지 못하고 억지로 우리말로 만들어서 사용하는 것도 어색하지만 이 또한 적절치 못하다.

상품권 금액에 해당되는 진열대에 가서 마음에 드는 구두를 고르고, 발에 맞는지를 지정된 의자에 앉아서 혼자 신어보고, 마음에 드는 신을 갖고 계산대에 가서 계산을 하면 구매절차가 모두 끝난다. 판매원이 구두주걱을 갖고 와서 신을 신겨주고, "발이 편하십니까?" 등의 대화를 나누면서 구두를 사던 시대는 멀리 갔다.

기계와의 대화는 사무적일지는 모르지만 너무 메마르다. 기계

같은 사람과의 대화에는 오고가는 정을 느끼지 못한다. 유비쿼터스 시대를 살아가는 현대인으로서는 걸맞지 않는다는 생각을 한다. 정이 그리워 사람 사는 냄새가 물씬 풍기는 재래시장을 찾고는 한다. 어릴 적의 향수 때문이리라. 그러나 어쩌겠는가? 요새 애들은 의자에 앉을 만큼 크거나 말을 배우면 컴퓨터 앞에 앉아서 자판기(key-board)를 예쁜 손가락으로 신나게 두들긴다. 언니들한테서 놀이하는 방법을 배워서 신기할 정도로 잘한다. 컴퓨터를 하다가 막히는 부분이 있으면 초등학교와 고등학교에 다니는 손자, 손녀에게 묻고는 한다. 물론 그 애들의 전화번호는 휴대폰에 저장이 되어 있다. 사랑하는 손자와 손녀와의 소통을 위해서도 마음의 찌든 때를 벗기고 녹슬어 가는 머리의 녹을 벗기기 위해서도 갈고 닦아야 한다는 생각을 한다.

코미디 프로를 가족들과 함께 볼 때가 있다. 젊은이들은 재미있게 웃으면서 시청을 한다. 화면에 나오는 배우들은 속사포를 쏘듯이 말을 빨리 빨리 한다. 그들의 말을 따라가지 못한다. 우스갯소리의 진의를 모르니 젊은이들이 웃을 때 그들의 입 모양과 표정을 보고 애들이 웃으면 덩달아 웃고는 한다. 그들은 '모텔'을 'MT' 라고 하고 '호텔'을 'HT' 라고 한다. '반가워요' 도 '방가' 라고 한다. 그들이 즐겨 쓰는 신조어를 알 길이 없다. 그러니 답답할 수밖에 없다.

영화관에 가도 자막을 다 읽지도 못 했는데 화면이 빠르게 바뀌고 딴 자막이 화면에 뜬다. 이야기의 흐름을 이해하는 속도가 느리고 글을 읽는 속도마저도 느려졌다는 이야기이다. 술에 곤드레만드레 취하고, 발음도 정확하지 못한 서양 늙은이들과 농담을 주고받던 젊은 시절의 예지는 모두 어디로 갔는지 모른다. 가는 세월을 슬퍼하고 괴로워 할 필요는 없다. 나이와 건강에 걸맞은 보람 있는 삶을 찾아 세상의 끝이 오는 날까지, 긍정적인 생각을 갖고 즐겁게 살아야 한다는 생각을 해 본다.

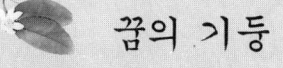 꿈의 기둥

세월이 시간을 쓸어가 버리나
빨갛게 쌓여가는 번개 불
빠르게 흐른다, 나

되돌아보면
허옇게 푸석이는 뼈
잡아보면 별 것 아닌

무지개 따라
꿈의 집 짓는다

허무의 기둥에
꿈의 뼈 세운다

늙은 남편은 동네북인가?

동네북이란 여러 사람이 달려들어 함부로 헐뜯는다는 말이라고 사전에 표기가 되어 있다. 귀한 대접을 받지 못하고 천대를 받는다는 말이다. 북에도 소유권이 있다. 개인 소유와 공동의 소유로 분리할 수가 있다. 동네북이란 공동의 소유를 말함이니 아무나 북을 두드릴 수가 있고, 많은 사람이 사용을 하다 보니 북을 아끼고 보듬어 주는 이가 없다. 북이 쉽게 망가짐은 자연의 현상이다. 낡은 북은 늙은 노인과 같다. 자식들과 문제가 생겨서 스트레스를 받을 때마다 자식들에게는 무한한 인내심으로 참고, 화풀이는 늙은 남편에게 해 댄다. 늙은 북은 소리를 낼 수도 없고 끙끙 앓는 소리만 낸다. 어쩌면 가장 믿을 수 있고 만만해서 어깨를 기댈 수 있는 게 늙은 남편이지 않을까 하는 생각을 한다.

지금은 아니지만 우리가 어릴 때만 해도 남자가 세상에 태어나면 많은 사람들의 축복을 받았다. 가계를 이어가고 한 가정을 이끌어 가는 버팀목 역할을 했다. 어쩌다가 이렇게 늙어가면서 대접을 받고 살지는 못할망정 동네북 신세가 되었는가? 세 가지로 생각을 모을 수가 있다. 첫째가 여성의 사회참여도가 높아지고 돈을 버는 경제력이 생긴 결과이고, 둘째가 농경사회에서는 노인이 가사에 노동력을 제공하는 일원이었고, 살아감에 필요한 모든 정보를 제공하는 전지전능한 존재였으나 컴퓨터만 두드리면 모든 것에 대한 답이 나온다. 그러니 정보화 사회에서는 노인이 쓸모가 없어졌다. 셋째로 부인은 가정의 화목을 위해 해바라기처럼 일생을 살아왔다. 늙어서까지 군림하고 위안을 받으려는 배우자에 대한 반감 때문에 불행하게도 황혼이혼이 성행하는 것이 오늘의 현실이다.

첫째와 둘째의 이유는 시대의 흐름이니 어쩔 수 없다 치더라도 셋째의 이유는 얼마든지 조절할 수 있다는 생각이 든다. 알량한 자존심을 한강에 내던지고 백기를 들면 된다. 백기는 항복을 의미하지는 않는다. 강한 자존심을 지키는 일이다. 오죽이나 못난 놈이 체력적으로 약한 여자를 이기려고 하겠는가? 한 수가 위라고 생각을 하고 내려다보면서 살아 보라! 마누라의 바가지 긁는 소리가 어느 때부터인가 피아노 건반을 두드리는 소리로 들릴 거다. 지는 것이 이기는 거다. 한 발을 뒤로 디디는 것은 양보다. 양보를 하는 자에게 침을 뱉는 자는 없다. 내가 나를 죽여보라! 또 다른 아름다운 나를 발견하게 된다. 여자는 죽은 남편에 대해서 연민의 정은 있을지언정 욕은 절대로 하지 않는다. 내가 먼저 변했기에 아내도 변하게 된다. 만병의 근원이 스트레스라고 했다. 스트레스를 가장 많이 주는 사람이 배우자다. 천명을 다 하고 싶으면 상대의 마음을 편하게 해 주어야 한다. 상대의 마음을 편하게 해 주는 것은 본인의 마음을 편하게 해 주는 결과가 되니 말이다. 악처가 효자보다도 났다는 옛말이 있다. 그냥 지나칠 말이 아니다. 마음에 새겨 두어야 할 금과옥조(金科玉條)라는 생각이 든다.

잘게 썬 고기에 송이버섯을 넣고 달달 볶는다. 냄새도 냄새려니와 시각적으로도 군침이 돈다. 식사를 마친지가 꽤 오래 됐는데 왜 요리를 할까? 대충 짐작이 간다. 아들을 위하여 만드는 음식이다. 우리 어머니는 우선순위의 일 순위가 할아버지와 할머니였고 이 순위가 아버지였고 삼 순위가 아들인 나였다. 집사람과 결혼을 하고 아들을 낳은 후부터 독립 가정을 이룬 우리 집 우선순위의 순서가 바뀌었다. 모든 것에는 아들이 우선권을 갖는다. 사람이란 모두가 양심이라는 게 있다. 양심에 찔리는지 집사람은 한 마디를 던진다.

"당신은 송이를 좋아하지 않지?"

"응, 별로야."

가정평화를 위하여 마음에도 없는 말을 했다. 버섯 맛에 길들여진 사나이라는 것을 아내가 알 리가 없다. 어릴 적부터 하늘에 펑크가 난 것처럼 장마가 깊어질 때는 이른 아침에 친구들과 함께 산으로 가서 안개 속을 헤치면서 버섯을 따고는 했다. 옹달버섯, 싸리버섯, 말뚝버섯, 국수버섯 등등. 많은 버섯 중에서도 먹을 수 있는 버섯과 독버섯을 구별할 수 있다. 스스로 안 것이 아니고 또래들끼리 모여 다니면서 어른들한테서 배운 것을 서로서로 알려주니까 분별력이 길러진 것이다. 자연을 벗하며 어린 시절을 시골에서 보낸 이들이 받은 보너스다. 색이 아름다운 버섯은 독버섯이라고 생각하면 거의 틀림이 없다. 송이버섯은 날 것으로 먹으면 특이한 향이 난다. 어른들이 많은 버섯을 따오는 날에는 버섯을 가마솥에 넣고 삶아서 멍석 위에 널어놓고 햇볕에 말린다. 눈이 펑펑 쏟아지는 겨울에 말린 버섯을 넣어서 끓인 된장찌개를 먹으면 씹히는 쫀득쫀득한 그 맛은 아는 사람만이 알고 있다. 맹자 앞에서 문자를 쓰는 아내를 보고는 속으로 웃으면서 겉으로도 빙그레 웃었다.

어머니는 생선을 요리하면 가운데 토막은 아버지 몫이고 꼬리나 머리 부분이 우리들 몫이었는데 어떻게 된 이유인지는 모르지만 지금의 우리 집 순서는 분명히 바뀌어 있다. 그뿐이 아니다. 옛날에는 아버지나 형이 입던 옷을 수선해서 아들이 입었는데 지금은 아버지가 아들이 버린 옷과 신발을 신는다. 우리는 일제식민지 시대와 6·25라는 혹독한 시기를 살았기에 근검절약이 몸에 배어 있다. 아무리 돈이 있어도 비싼 고급요리를 먹으면 속이 편치 못하다. 효도를 한다고 자식들이 안내하는 음식점에 가면 달고 시금털털한 국적불명의 음식을 먹으라고 한다. 맛도 없고 비싸기만 한 음식을 먹고 나면 소화도 잘되지 않는다. 그러나 애들은 너무나 맛있다고 한다.

"고맙다! 맛있게 먹었다!"라고 마음에도 없는 말을 하면서 혼자서 씁쓸하게 웃고는 한다. 세대 차이인지 아니면 우리가 너무 늙어서인지 혼동이 온다. 풍요로운 세상에서 태어나서 어려움이 없이 자란 그들이기에 그렇다는 생각을 해 본다.

우리는 세상을 혼자 왔다가 목숨을 다 하면 혼자서 외롭게 하늘나라로 떠나간다. 함께 동행을 해 줄 사람은 없다. 마지막 가는 길에 임종(臨終)을 해 줄 자식이 몇이냐 하는 것도 옛말이 됐다. 대가족제도 하에서 산아제한이 없이 무제한 아기를 낳던 시절에서나 있음직한 말이다. 부부는 평생원수라고 하지만 죽음 직전까지 동행을 해 주는 이는 부부밖에 없다. 자식은 품안에 자식이라고 했다. 아들도 성장을 하면 처를 맞이하고 한 가정을 이룬다. 어머니의 한 아들이기 전에 또 다른 한 가정의 일원이 된다. 어머니에 대한 애잔한 정만 남긴 채 처가의 한 가족 구성원이 되기도 한다. 잘난 아들은 나라의 아들이고, 돈 잘 버는 아들은 장모의 사위가 되고, 내 아들은 며느리의 남편이라고 했다. 또한 바보천치 같은 못난 아들만이 영원한 내 아들이라고 한다. 새겨볼 의미가 있는 말이다. 실질적으로 아들은 어머니의 품을 떠난 것이다. 떠남을 서러워하거나 섭섭할 이유가 없다. 세포가 핵분열을 하듯이 자연의 순리가 아닌가? 어쩔 수 없는 사정이라면 몰라도 가능하다면 임종까지 자식들에게 시간적으로나 경제적으로 부담이 되지 않는 부모가 되면 얼마나 좋겠는가?

자식들을 출가와 분가를 시키고 나면 빈 집에 덩그러니 남는 것은 인생의 후반에 접어든 부부밖에 없다. 자식들에 대한 부담이 없는 좋은 시기다. 곱게 물든 단풍이 오래 가지 않고 지듯이 둘만의 생활도 잠시 뿐이다. 부부 중에 한 사람이 건강을 잃고 고생을 하다가 저 세상으로 간다. 나머지 사람도 간만의 차이만 있을 뿐 뒤따라간다. 우리네 인생여정(人生旅程)이다. 짜인 여정을 바꿀 능력이 있는 사람은 아무도 없다. 하늘의 뜻이다. 아름답고 고운 짧은 후반기 인생을 살아감에 있어서 조그만 일을 갖고서 부부끼리 아웅다웅 다투지만 말고 아름답고 화목하게 하루를 살아가는 방법은 무엇일까? 오늘 하루만 지나면 내일은 영원히 이별을 한다는 생각을 하면서 오늘을 살면, 최선을 다하는 오늘이 되지 않을까 하는 생각을 해 본다.

저녁노을을 보면서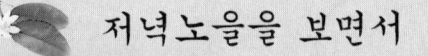

박꽃은 마디가 버거워
달빛에 떨어지고

두 어깨엔 무거운 짐
다리가 휜다네

빈손으로 왔다가 돌아서 가는 길이
무척이나 서글퍼 보이지만

들먹이는 슬픔 털어버리고
즐겁게 걷게나

저녁노을에 붉게 지는
저 해 좀 보게나
아름다움의 극치가 아닌가

밤이 무서워

밤에는 부인이 욕실에서 샤워하는 소리만 들어도 겁이 난다. 또한 짙은 화장을 하고 향수를 뿌린 채 앞으로 다가오는 부인의 잠옷 입은 모습만 보아도 기가 질린다는 남자도 있다고 했다. 자동차 뒤에 숨어서 소피를 볼 때 자동차 안에 있던 사람이 시동을 걸고 출발을 하면 소피를 보던 사람은 당황한다. 반대로 자동차 안에 있던 사람이 후진에 기어를 넣고 액셀러레이터를 밟으면 자동차는 뒤로 가고 소피를 보던 사람은 혼비백산하게 된다. 이런 때를 우리는 황당하다고 한다. 나이가 들면 남녀의 잠자리에서 남자들은 당황과 황당함을 맛보게 된다. 정력에 좋다면 바퀴벌레라도 잡아먹을 듯이 중심을 잃고 사는 사람들을 가끔 보고는 한다. 삶의 방법이 다르고 가치판단의 기준이 다르매 무엇이 옳고 무엇이 그르다는 말은 할 수가 없다. 분명한 것은 나이가 들면서 불면증과 여성 공포증으로 밤이 무서워지는 남자가 많다는 것이다.

사람이 세상을 살아감에 있어서 가장 중요시 하는 것은 첫째로 입맛을 잃지 않고 식욕이 왕성해서 인체에 필요한 음식을 맛있게 먹을 수 있어야 하고 둘째로 먹은 음식을 잘 소화해 내고 배설을 잘해야 한다. 셋째로 잠을 잘 자야 한다. 위에 열거한 세 가지를 삼통(參通)이라고 한다. 별 것 아닌 것 같지만 어려운 일이다. 세 가지 중에서 어느 것 하나도 중요하지 않은 것이 없다. 한 가지만 이상이 생겨도 우리는 고통을 받게 되고 이로 인하여 결국은 목숨을 잃는다.

대전대의 한의사 출신인 K교수의 연구결과에 따르면 매일 매일 우리의 인체에는 수많은 세포가 손상되고 또한 새로운 세포를 만들어 낸다고 했다. 이런 과정은 잠을 자는 시간에도 계속된다고 했다. 하루 중에서 세포생성 활동이 가장 활발하게 전개되는 시간이 새벽 1시부터 2시라고 한다. 초저녁형 사람은 일찍 자고 일찍 일어나니까 자연이 새벽 1시부터 2시 사이에는 잠이 들어 있어 세포생성이 활발해져서 건강하고, 아침까지 일을 하고 늦잠을 자는 사람은 건강에 문제가 많아지고 장수를 못한다는 이론이다. 결론은 세포생성이 활발한 시간대인 1시와 2시 사이에는 잠을 푹 자야 한다는 말이다. 나는 불행인지 다행인지는 몰라도, 아동기부터 청년기까지 방과 후에는 땀 흘리며 운동을 했다. 녹초가 돼서 집에 돌아오면 허기진 배를 채우고 꿈나라로 직행을 했다. 그리고 잠에서 깨는 시간이 12시 경이었다. 그때부터 그 날 학교에서 배운 것을 복습하고 내일 배울 것을 예습하며 멀리서 기차가 언덕을 지나가며 내는 기적 소리를 듣고는 했다. 삼라만상이 모두 잠들어 있는데 혼자서 공부를 하고 있다는 생각을 하면 어린 나이에도 기분이 참 좋았다.

세 살 버릇이 여든까지 간다고 했던가? 지금도 특별한 일이 없으면 집으로 일찍 돌아오고, SBS 8시 뉴스를 시청하다가 중간에서 자신도 모르게 꿈나라로 직행을 한다. 수면시간 내에 오는 전화는 모두 사절이다. 아내가 알아서 차단을 한다. 숙면을 하니까 잠을 자는 동안에는 세상이 뒤집어져도 모른다. 잠귀가 밝은 사람도 많다고 하지만 난 잠귀가 어두워도 한참 어둡다. 잠이 깨는 시간은 기계가 시간에 맞추어 작동을 하는 것같이 12시 경이다. 나의 밤이 그렇게 시작된다. 그리고 아침식사 전에 잠깐 눈을 붙이면 산뜻한 하루가 열린다. 그런데 또래들과 건강을 비교해 보면 오히려 좋은 편이다.

나이가 들면서 변화가 있다면 낮에도 가끔 토끼같이 깜박깜박 때와 장소에 관계없이 토막잠을 즐긴다는 것이다. 토막잠이 얼마나 맛이 있는가는 맛을 본 사람만이 안다. 입맛을 개운하게 하는 깨소금 맛이다. 아니다, 식후에 입안에 넣고 씹는 한 가닥의 김치 맛이다. 개운하다. 정신이 비가 갠 후 하늘같이 맑아진다.

K교수의 연구결과를 읽어본 후 본인에게 무엇이 잘못된 것 같아서 그 시간대에 잠을 자 보려고 애를 썼지만 오히려 정신이 더 말똥말똥해져서 잠을 잘 수가 없었다. 몸의 뒤척거림과 공상의 나래만 길어질 뿐 그 시간대에 잠을 잘 수는 없었다. 밤이 두려운 공

포의 대상일 뿐이다. K교수의 연구결과에 대한 반박의 뜻은 전혀 없다. 예외는 항상 있으니까 말이다. 이제는 다시 일상으로 돌아와 생활을 하니 물이 아래로 흐르듯이 그렇게 편할 수가 없다.

TV와 신문 그리고 각종 언론매체를 통하여 쏟아지는 정보의 홍수 속에서 우리는 살고 있다. 무슨 음식은 눈에 좋고, 어떤 음식은 간에 나쁘고로 시작되는 영양학에서부터 의학에 이르기까지 많은 정보를 접하게 된다. 특히 나이가 든 노인들은 건강에 대한 정보에 대해서 민감하다.

요즘 같은 세상에는 매사에 신중하게 취사선택을 하는 혜안이 필요하다는 생각을 해본다. 공짜가 좋아서 싸구려 여행사를 따라갔다가 몸에 좋다는 약을 한 아름 사가지고 오는 노인들을 TV에서 볼 때는 민망한 생각이 든다. 외상없는 인생열차를 그렇게 오랫동안 타 보고도 공짜를 좋아하는 습성을 버리지 못한 노인들을 볼 때는 측은한 생각마저 든다. 나이가 들면 고집이 세어져 자기 주장이 강해진다. 또한 조그만 일에도 섭섭함을 느끼고 잘 삐지며 감정 조절능력이 떨어져 화를 잘 낸다. 식사시간이 훨씬 지나서 모두가 배가 고픈 상태에 있을 때도 공석 상에서 마이크를 한 번 잡으면 놓을 줄을 모르고 장황하게 횡설수설 떠드는 노인들을 가끔 보고는 한다. 긴 주례사와 같다. 고집이 세고 화를 잘 내니 다른 사람들과 충돌을 많이 하게 되고, 이는 마음의 상처로 다가 온다. 결과는 잠 못 이루는 밤을 맞이하게 되고 근심의 늪으로 빠진다. 무대의 주연으로 연기를 하던 시대는 갔다. 무대는 젊은이들

에게 내어준 상태다. 젊어서 하고 싶었으나 시간과 돈이 없어 못
한 일을 찾아, 혼자서 즐기면서 하루를 보낸다면, 밤은 다시 정다
운 친구로 웃으며 다가온다는 생각을 해 본다.

바람 따라 가세나

어리디 어려 보송보송한

칡뿌리 싹

입가에 물고 있는 노란색

하늘을 향해 머리를 꼿꼿이 들고

여름을 바라보며 맨발로 줄달음치더니

덩굴손이 가로와 세로로 짠 멍석 크기도 하다

뱀이 산돼지 몸을 조이고

겁먹은 눈앞에서 혀를 날름거린다

덩굴손이 휘감은 나무는

숨쉬기조차 힘겨워

가슴만 들먹이고 있네

가는 세월을 어쩌겠는가

세월의 등에 밀려

바람 따라 가세나

생일상을 받아 놓고서

몇 번의 생일상을 받아 보았나 하고 생각을 이어 보았다. 남세스러울 정도로 많았다. 먼저 저승으로 간 친구들에게는 미안한 생각마저 들기도 하고, 본인의 입장에서만 보면 감사하기도 하다. 가보지 않아서 알 수는 없지만 저승의 극락은 이승의 개똥밭보다도 못하다고 하지 않던가.

참기름 몇 방울이 떨어져 있는 미역국과 잡곡이 없는 흰 쌀밥을 보면, 오늘은 누구의 생일이냐고 어머니에게 묻고는 했다. 그럴 때마다 사랑이 그득 담긴 눈빛으로 오늘은 네 생일이야 하시던 어머니였다.

철부지였던 막내아들은 게눈 감추듯이 밥그릇과 국그릇을 비우기가 바쁘게 고샅길에서 놀고 있는 개구쟁이 만나러 밖으로 나가서 구슬치기와 딱지치기로 해가 가는 줄도 모르고 놀기에 정신이 없었다. 토끼털로 만든 동그란 귀걸이가 언 귀를 감싸주었고 손등에는 땟국이 졸졸 흐르고 있었다.

땅거미가 짙어질 무렵이면 나를 찾는 어머니의 목소리가 골목길에 산울림이 되어서 아련히 들린다. 허겁지겁 집으로 돌아오면 언제나 이번만은 용서를 한다는 반복되는 경고장을 내미시는 어머니였다. 용서를 받을 때는 큰 눈을 껌벅거리며 짓 적어서 오른손을 머리에 얹고 뒷머리를 매만지며 긁적거리고는 했다.

결혼 후에는 힘들게 자식을 낳아 기르고 있는 집사람을 보고서, 나를 낳던 날 어머님의 산고가 얼마나 심했을까를 가늠해보았다. 내 생일날은 수고하신 어머니를 모셔다가 미역국을 끓여드리고는 했다. 생일상을 준비하는 주체는 어머니에서 집사람으로 바뀌었다.

큰딸과 사위가 생일날을 잊지 않고 초대를 해주고는 한다. 저승에 있는 어머니는 동행을 할 수가 없으니 집사람과 즐거운 마음으로 참석을 한다. 식구가 모두 동원이 돼서, 요사이 젊은이들답게 집에서 정성스럽게 생일상을 준비한다.

한 폭의 그림을 보는 것 같아서 늘 마음이 기쁘다. 외손자 동윤이가 포대기에 싸인 채 병원에서 우리 집으로 오던 날 흘릴 눈물도 없는데 눈에서 눈물이 방울지기에 생명체의 신비함을 보고는,

내 눈은 신기하기만 했다. 그러던 녀석의 목소리가 변성기에 접어들었고 코 밑에는 수염이 까맣게 자리를 잡고 있다. 세월은 빠르게도 흐른다. 벌써 녀석이 이성을 생각할 나이가 되었으니 말이다.

생일 축하의 노래까지 불러주는 외손녀 윤정이를 보노라면 할아버지도 콧노래를 부르게 된다. 세상에 이 보다도 더 값진 선물이 어디에 있겠는가. 할아버지가 바라보는 손자, 손녀의 모습은 사랑이 그윽할 수밖에 없지 않은가.

생일상을 준비하는 주체는 어머니에서 집사람으로 옮겨 왔고, 이제는 자식들의 차례가 됐다. 생일상의 끝이 보인다. 생일상이 끝이 나면 제사상으로 이어질 것이 분명한데, 이는 어쩔 수가 없이 아들 녀석의 몫이지 않은가? 혼백이 있는지는 모르지만 제사라는 또 하나의 굴레를 씌워 준 것 같아서 미안한 생각이 든다.

아들을 낳던 해에 아버지는 저승으로 갔다. 탄생과 죽음이 교차되던 해이다. 1970년 12월에 작고했으니 오늘은 아버지의 36번째 기일이다. 눈 속을 뚫고라도 고향을 찾아야 하는 날이다. 제를 올리고 가족들이 모두 앉아서 음식을 나누며 고인을 회고하고 사랑도 나누는 날이다. 음산한 기운이 도는 잿빛 하늘이 싫다. 눈이라도 펑펑 쏟아졌으면 얼마나 좋겠는가?

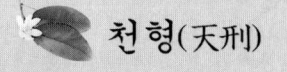 # 천형(天刑)

섬진강가에서 자란 천리향 한 그루
어렵사리 끌고 와
분재에 가두어 놓고

철삿줄로 꽁꽁 묶어
주릿대에 매달아 주리를 틀고
곁가지도 싹둑싹둑 잘라버려

앙살 한 번 못하고
몸을 맡긴 채
숨죽이고 사는 옛날 며느리

털끝만 건드려도
뒤집히는
오늘의 이웃들

말 못하는 천리향 나무야
독재자이더냐
참말로 네 주인은

음지식물을 양지에 심어 놓고서

생을 마감하는 파도소리가 철썩하면서 안개 속을 헤치고 귓가에 번진다. 어느 영혼의 울음소리인지 가슴 속을 파고든다. 가시나무 새의 마지막 울음소리 같이 탐욕에서 벗어나는 마지막 울음소리로 들린다. 솔방울을 가지마다 다닥다닥 매달고 있는 소나무 한 그루가 앞에 딱 버티고 서 있다. 솔방울은 병들거나 늙어서 생을 마감하기 전에 종족 번식을 위해 준비하는 준비물이라고 한다. 30년도 지나지 않은 소나무다. 전문가가 아니기에 알 수는 없지만 나이도 젊은데 무슨 병이 그렇게 깊게 들었을까? 가엽다는 생각이 든다.

중국변방에 한 꼽추 늙은이가 나무와 꽃들을 기르며 살고 있었다고 한다. 그가 기르는 나무는 남들이 기르는 나무보다도 몇 배 빨리 자라고, 꽃도 더 예쁘고 꽃송이도 남들이 기른 것과는 비교가 되질 않았다고 한다. 그 집에서 기른 나무와 꽃은 불티가 나게 팔여 나가서 중국 전역에 소문이 퍼졌다. 소문을 듣고 있던 재상이 그가 살고 있던 변방을 지날 일이 있었다. 재상이 그곳에 잠깐 머물며 수소문하여 늙은 꼽추를 찾았다.

"어찌하여 그대가 기른 나무와 꽃은 남들이 기른 것과 다른가?"

"예! 음지 식물은 음지에 심었고, 양지 식물은 양지에만 심었습니다. 또한 진흙에 잘 자라는 놈은 진흙에 심고 모래참흙에 잘 자라는 놈은 모래참흙에만 심었습니다. 특별한 기술은 아무것도 없습니다."

늙은 꼽추는 벌벌 떨며 사실을 사실대로 말하였다.

"기후와 토양에 맞는 식물을 기른 것뿐이구나?"

"네! 한 치의 어김이나 욕심이 없이 그렇게만 했습니다."

물러가 열심히 일을 계속하라는 말을 남기고 떠난 재상의 머릿속에는 북경에 도착을 할 때까지 늙은 꼽추의 생각으로 꽉 차 있었다. 후일 재상은 지역이나 당파에 관계없이 인재를 적재적소에 등용을 해서 명재상이 됐다는 이야기다.

40여 년 전, 한 그루는 양지에 그리고 두 그루는 음지에 정성을 드려서 꿈나무 세 그루를 심었다. 음지에 심은 두 그루는 자라는 것을 치켜 보기만 했는데도 잘 자라 주었다. 호사다마라고 했던가? 양지에 심고 시비를 잘 해준 한 그루가 20년도 지나지 않아 병이 들었다. 가슴앓이를 하면서 명의를 찾아 전국 방방곡곡을 다녀 보았다. 의사의 지시에 따라서 수액주사도 놓아보고, 나무 주위를 깊게 파고 퇴비도 넣어 보았다. 인위적으로 할 수 있는 모든 일을 다 해보았으나 백약이 무효이다.

깨어나지 못하는 나무를 보면서 얼마나 안타까워했는지 모른다. 웃을 때도 마음은 늘 근심에 젖어, 가슴은 검은 숯덩이로 굳어져만 갔다. 대들보감이 되는 큰 나무로 키우고 싶은 욕망에서 벗어나지 못한 만큼, 마음에 평화를 찾지 못하고 긴긴 세월을 보냈다. 세상만사가 의지와 노력만으로 모든 것을 이룰 수가 있던가? 순리에 따르면서 최선을 다 하는 것 외에 다른 방법이 없음을 늦게야 터득했다. 20년 간 힘겹게 걸어온 긴 터널에 햇볕이 들고 푸른 하늘이 보인다.

음지식물을 양지에 심어놓은 어리석음이 어떤 결과를 가져다준다는 것을 인생의 끝자락에서 알았으니 그나마 다행이다. 꿈나무를 양지에서 음지로 다시 옮겨 심었다. 옮겨 심은 후 내버려 두었으나 실뿌리를 내리고 쑥쑥 잘 자라고 있다. 그동안 죽지 않고 버텨준 나무의 생명력에 감사를 한다.

개개인에 따라서 좋아하는 것과 싫어하는 것이 있다. 좋아 하는 일을 직업으로 가진 사람은 일생을 행복하게 살 수 있고 그 분야의 업적도 남다르다. 말 못하는 식물도 마찬가지다. 식물에 따라서 생태적으로 좋아하는 것과 싫어하는 것이 있다. 하나의 식물을 화분에 심을 때도, 식물의 생태를 알고 난 후 심어야 한다. 추구하는 바에 따라서 소기의 목적을 달성하기 위해서 하는 말이다. 인간사에도 몇 번의 선택기회가 온다. 대학에서 전공과목을 선택할 때, 졸업 후 직업을 선택할 때, 그리고 배우자를 선택할 때가 한 그루의 나무를 심는 것과 같이 얼마나 중요한 시기인가를 이제야 알 것 같다.

꿈나무를 향한 꿈

생각이 젖어들 때는
커튼을 걷어 올리고
관악산을 품어본다

사계절
다른 모습으로 다가오는 너
너를 응시하며 공유하는 사유

끊어질 듯 끊어질 듯
이어가는 꿈나무의 꿈
산모의 통증이 뼈에 사무쳐

마음 비우고 두 손바닥 활짝 편 채
하늘만 보며 살자면서도
욕망의 강은 끝없이 흘러

끊어지면 이어주고
잃으면 다른 길을 찾아보자
질경이 섬유질보다도 질긴 인연

끊지 못하는 어버이의 정

묵극

건강은 건강할 때 지켜야

곱게 물든 단풍을 보면서

신문 기사를 관심 있게 읽다가 보면 55세의 노인 또는 65세의 고령으로 시작되는 기사를 보고는 한다. 사회 통념상 55세는 노인이 됐다는 이야기이고 65세가 되면 나이가 아주 많은 노인이라는 말이 아닌가 한다.

젊었을 때, 나이가 드신 어르신들을 보면 같은 생각을 했다. 입장이 바뀐 현재에서 지나온 길을 뒤돌아보면 끌고 온 긴 그림자의 길이가 믿기지를 않을 정도로 길고도 길다. 육신의 움직임은 전과 같지 않은데도 마음만은 아직도 청춘이니 문제는 거기에 있는지도 모르겠다.

삼보는 필수다

『동의보감』에서는 나이가 들면 삼보(三補)를 해야 한다고 했다. 모자라는 체력을 보충하기 위한 운보(運補)와 식보(食補) 그리고 약보(藥補)를 말함이다. 건강할 때를 제외하고 병이 들었다거나, 병이 중중일 때는 우선순위를 약물치료에 두고 운동요법과 식이요법을 병행하면 더 효과적일 것으로 사료가 된다. 살찐 농부를 보았는가? 잠자는 시간과 먹는 시간 이외에는 계속적으로 움직이는 농부는 아무리 많은 양의 음식물을 섭취해도 비만은 없다. 물론 온종일 트랙터에 앉아서 일을 하고 식사 때마다 스테이크를 즐겨 먹는 미국농부는 제외하고 하는 말이다.

운보(運補) – 기침과 동시에 눈을 뜨고 기지개를 펴는 것을 시작으로 걷기, 수영, 등산, 골프 그리고 스포츠 댄스 등 할 수 있는 많은 종류의 운동이 있다. 각자의 시간과 취미에 따라서 또한 각자의 체력에 알맞은 운동을 할 수 있는 영역이니 선택의 폭은 다양하다고 본다. 시간이 없다고 핑계를 대는 사람, 하기 싫은 운동을 억지로 하는 사람. 이런 사람들의 운동 방법은 운동을 하는 것이 차라리 하지 않은 것만도 못할 것이다. 만병의 원인이 되는 스트레스가 더 쌓일 테니까 말이다. 문제는 운동 효과의 극대화이다. 없는 시간을 할애해서 자기 체력에 맞는 운동을 선택하여 즐거운 마음으로 임할 수 있다면 더 좋은 방법은 없다고 본다.

식보(食補) - 특별한 병이 있는 사람을 제외한, 보통 사람이라면 편식을 하지 말고 제철에 나는 농수산물을 소재로 한 음식을 입맛이 당기는 대로 골고루 그리고 알맞게 섭취를 하면 된다는 생각을 한다. 인체는 신비하리만큼 오묘하다. 임산부는 산이 많이 필요하기에 임신 중에는 산이 많은 음식을 찾아서 섭취를 한다. 그러나 그 임산부가 늙으면 인체에 필요한 만큼의 산만 취하게 된다. 수많은 영양학자들이 매스컴을 통하여 암에는 무엇이 좋고 당뇨 예방에는 무엇이 좋다는 등 많은 정보를 준다. 그 분들의 말씀은 옳다. 체질에 따라서 특히 병이 들었을 경우, 환자에게 좋은 음식과 나쁜 음식에 대하여 전문가의 조언을 받고, 식단을 짜는 것은 상당히 중요한 의미를 갖는다. 편식이 습관화된 사람에게는 더더욱 중요하다. 조언을 수용해야 하는 우리들의 선택은 더욱 더 중요하다고 본다.

약보(藥補) - 사전에서 찾아보면 인체 생리 기능의 부조현상에서 오는 신체의 허약한 상태를 도와주는 약물이라고 한다. 신체의 허약한 상태이거나, 건강이나 또는 질병이 지나칠 때 신체의 균형을 잡아 주는데 먹는 약물을 말한다. 나이가 들면 신체가 허약해지고 면역력이 약해져서 병에도 자주 걸리게 된다. 허약해지면 허약한 부분에 맞는 보약을 먹고, 병에 걸리면 병에 맞는 치료 또는 약물을 복용하는 일은 당연한 일이지 않은가. 많은 분들은 귀를 넓힌 채 이 사람 저 사람의 이야기를 듣고 왔다 갔다 하다 보면 치료시기를 놓치고 건강을 그르치거나 황천객이 되는 경우도 없지

는 않다. 문제는 의사를 신뢰하고 의사의 처방과 지시에 따라서
행해야 함이 옳음을 주지해야 하는 것이다. 늘 자기 몸을 관리해
줄 주치의가 있다면 금상첨화일 것이다. 약국도 이곳저곳 다니지
말고 한곳을 다니면, 그곳의 약사가 환자의 병력을 알게 되고 환
자에게는 많은 도움을 준다.

약물 복용 실태

주위를 주의 깊게 관찰을 해보면 환갑 전후에는 한 가지 정도의
약을, 음식물을 먹기 전 또는 후에 주위 사람들을 의식한 듯이 조
심스럽게 입에다가 넣는다. 65세 전후에는 대개 두 가지 정도의
약을 상용한다. 70세가 넘으신 어느 선배께서 여러 가지의 약을
숨기지도 않은 채 손바닥에 드러내놓고 먹기를 시도하기에 약의
종류가 왜 이렇게 많으냐고 여쭈어 보았더니 "이것은 혈압에, 요
것은 당뇨에, 저것은 전립선에." 등등 하시더니 껄껄하며 소리를
내어 호탕하게 웃으신다. "응, 이제 나는 내가 아니고 약주머니가
됐어." 지금은 고인이 되신 그 선배님이 하시던 말씀이 여러 가지
를 생각하게 한다.

8년 전만 해도 바쁘게 움직이다가 보면 병원에서 타온 약을 제
때에 먹지를 않아서 다시 병원에 갈 때쯤이면 꽤나 많은 약이 남
아 있고는 했다. 그러나 현재는 입장이 많이 바뀌었다. 이젠 오늘

먹어야 할 약을 먹었는지 안 먹었는지 긴가민가 한 경우에는 자신이 없어서 약을 또 먹게 된다. 결과는 과다 복용을 하여 약이 모자라게 된다. 세월이 지나감에 따라서 몸의 이곳저곳에서 빨간불이 켜지고, 신호가 올 때마다 의사선생님은 새로운 약을 먹으라고 하니 복용하는 약이 몇 가지인지 한참은 헤아려야 한다.

단풍은 물들어 가고

젊어서야 아무리 몸이 아프다하더라도 병원에 가면 한 번에 건강상태가 회복되고는 했다. 이제는 아니다. 노화에서 오는 병은 장기치료를 요한다. 생명이 다할 때까지 지속적으로 관리를 해야 하는 경우가 허다하다. 겉으로는 멀쩡해 보여도 늙어 나이가 들면 몇 가지 약을 항시 복용해야 하는 분들이 대다수다. 나는 아직도 아픈 곳이 없고 약도 먹는 것이 없다고 건강에 대하여 자신만만하던 친구가 '밤새 안녕' 하고는 저 세상으로 바람과 같이 사라지는 경우도 있다. 그럴 때마다 휴대전화기에서 사라진 사람의 이름을 지운다. 그는 다시 만날 수가 없다. 영원한 이별이다. 인생의 무상함을 느끼고는 한다.

늙은이는 출고가 된 지 오래된 자동차와 같다. 교체해 주어야 할 부품도 많고 지속적으로 기름을 쳐주어야 할 곳도 많다. 얼마

만큼 신경을 쓰고 또한 실행에 옮기느냐에 따라서 내구연한이 결정되는 것이 아닐까. 혹자는 70대가 죽음의 세대라고 하기도 한다. 통계는 발표를 하는 곳에 따라서 일정하지는 않지만 남녀의 평균 수명이 79.4세이고, 남자의 평균 수명이 75세라고 한다. 70대 중반에서 80대 초에 낙엽이 지듯이 많은 친구들이 사라지고, 80대 후반이 되면 남아 있는 친구의 절대다수가 저세상 사람이 되어 있더라고 어느 선배께서 말씀을 해주신다.

곱게 물든 단풍이 비바람에 아름답게 흩날리며 떨어져, 포도 위에 구르는 시기가 되면 인생의 황혼기를 보는 것 같아서 많은 것을 생각하게 한다. 중국 당나라 시인 두보(杜甫)는 인생칠십고래희(人生七十古來稀)라고 했다. 그 당시에는 칠십까지 산다는 게 꿈만 같은 일이였을 게다. 현대는 의학과 의술이 발달해서 인체 내에서 뼈가 약한 부분이 있으면 인공 뼈로 대체를 하고, 9할 이상의 사람들이 암으로 죽는다는, 암도 췌장암과 폐암을 제외하고는 상당 기간 생명을 연장하고는 한다. 그러나 마비가 된 뇌 기능을 대체하거나 뇌를 소생시켰다는 말은 듣지를 못했다. 이 문제도 언제인가는 극복이 되리라고 믿어 의심치 않는다.

노년 삶의 질

평균 수명이 천문학적으로 늘어난 것만은 틀림이 없다. 문제는 삶의 질이다. 각 개인의 사정에 따라서 다르지만 생명줄이 늘어난 만큼 우리는 뜻있고 보람이 있는 세월을 보내고 있는가를 생각해 보아야 할 시기가 아닐까. 주위에 도움이 되고 있는 삶인가 되짚어 보아야 할 때라는 생각을 해 본다. 평균적으로 생의 마지막 11년은 병을 앓으며 산다고 했다.

80세 이상 분들의 상당수가 성인병에 시달리고 있는 기사를 보고는 충격을 받은 적이 있다. 목적이 없이 그저 오래 살기 위해 살기만 하면 되겠는가. 장수를 하신 분들의 가장 큰 아픔은 자손들을 앞세우는 것이다. 경제적인 면에서도 손자 손녀들의 도움을 받으시는 분들도 꽤나 많은 것 같다. 농경사회에서는 육신이 움직일 때까지 할 일이 있지만 산업사회에서는 무엇을 하며 의미가 있는 하루를 보내게 되는지에 대하여는 두고두고 생각을 해야 할 문제인 것이다. 노인들의 외로움과 경제적인 어려움 그리고 병고에 얼마나 시달리고 있는가를 말이다.

보건복지부 사람들, 그리고 입만 열면 국가와 민족이라는 말을 입에 달고 다니는 정치인들이여! 전철을 타고 안국동과 종각역을 돌아서 인근에서 할 일이 없이 하루해를 보내고 있는 노인들을 만나보라고 권하고 싶다. 그대들의 젊음이 눈을 깜빡할 사이에 늙은 이로 변할 테니까 말이다. 늘어나는 노인인구 문제는 이웃 일본과 같이 우리에게도 심각한 문제를 갖고 우리에게 다가오고 있다. 과연 그들을 위하여 무엇부터 해야 하는지를 연구하고 연구결과를 실행해야 할 시점이라는 것을 알게 될 것이다.

얼굴에는 저승꽃이 만발을 한 채, 눈은 초점을 잃고 양지바른 곳에 멍하니 앉아서 세월을 낚고 있는 노인들이 있다. 장수마을의 풍경이다. 어쩌면 저승에 계신 분인지 이승에 계신 분인지 경계선이 모호해 보인다. 노인이 자살을 했다는 소식을 가끔 접한다. 문호 헤밍웨이는 노년에 엽총으로 자살을 했다. 죽음 앞에서 초연할 수 있는 용기가 있음에 그들은 이미 노인이 아니라는 생각을 한다. 주위 사람들에게 피해를 주지 않고 맞이할 수 있는 마지막 길이라면, 그 길을 택하고 싶지 않은 사람 몇이나 되겠는가.

최근에 타계한 M씨의 경우를 보자. 그는 장수자 중에서 장수자이다. 왕성한 사회활동은 물론이고 임종 전날까지 테니스를 즐기지 않았던가. 죽는 복을 타고난 것인가. 아니면 평상시의 생각이 행동을 낳았고, 그런 행동이 타인이 부러워하는 죽음을 맞이하게 하지는 않았는지 궁금하다.

곱게 물든 하나의 단풍이 땅으로 소리 없이 떨어지듯이 우리네 인생살이도 그렇게 가고 있는 것이 아닌지……. 생로병사(生老病死)는 우주질서의 일환으로, 오늘도 소리를 내지 않고 흐르고 있다.

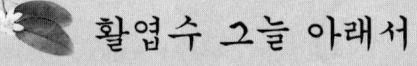 활엽수 그늘 아래서

노랗게 피어나는 철늦은 속잎 하나
우듬지의 머리에 이고
꿋꿋하게 서있는 활엽수

여린 네 잎사귀가
활짝 열리기도 전에
가을이 다가설 것만 같아
가슴 죄며 너를 본다

찬 서리가 내린다 해도
순리를 거스르지 않고 사는 오늘
네가 한없이 부럽구나

단풍잎이 벌겋게
산야를 물들일 때, 우리 모두는
같은 배를 타야 하겠지

오십견(五十肩)에 대한 소고(小考)

　오십견이란 말은 오십대에 흔히 발명을 한다고 해서 부쳐진 말이다. 그도 이젠 옛말이 되어가고 있다. 의료시설과 의술에 많은 변화가 있었다. 사람들의 영양상태가 좋아지고 건강관리를 잘 해서 육십대 또는 칠십대에 발병을 하는 사람들이 많아지고 있다. 오십견이라고 하기 보다는 육십견(六十肩) 또는 칠십견(七十肩)이라 함이 옳을 듯싶다.

　오십견은 어깨근육과 관절에 문제가 있어서 어깨가 굳어지고 이로 인해 어깨 회전반경이 좁아짐으로써 일상생활에 많은 불편을 준다. 심할 경우에는 통증이 유발하여 잠 못 이루는 밤을 가져다주기도 한다. 이를 한의학에서는 어혈(瘀血)이라고 하고 서양의학에서는 Frozen Shoulder(굳은 어깨)라고 한다.

병의 원인

병의 원인에는 여러 가지가 있다고 한다. 주위를 끌만한 몇 가지를 열거하면 아래와 같다.

첫째로 몸 안에 있는 땀, 호르몬, 혈액, 정액 등을 한방에서는 총체적으로 진액이라고 한다. 체내에서 생산되는 진액을 모두 사용할 경우 오십견에 걸리기 쉽다고 했다. 과도한 성생활이 오십견의 빌미가 된다는 이야기이다. 비아그라, 누에그라 등 발기 촉진제를 열심히 애용하시는 분들은 한 번쯤 생각을 머물게 함이 옳을 것 같다. 발기촉진제를 사용함으로써 몸 안에 있는 음과 양의 균형을 깨는 결과가 오지를 않나 하는 생각을 하게도 한다.

아메바와 같은 단세포를 제외한 대부분의 동물들은 짝짓기를 하여 종족을 유지시킨다. 암컷에 발정기가 오면 수많은 수컷들은 치열한 경쟁을 통하여 선정된 수컷만이 짝짓기를 할 수가 있다. 강한 유전자만이 같은 종족에 전해진다. 짝짓기도 암컷의 발정기에만 허용이 된다. 그러나 유독, 인간은 일정한 나이가 되면 시도 때도 없이 짝짓기를 할 수가 있다. 누가 인간에게 부여한 권능인지 재미있다. 심각하게 생각을 하면 고개를 갸우뚱하게 한다.

둘째로 오장(五臟)의 기능이 떨어지거나 부조화로 인해서 또는 풍한습담(風寒濕痰) 등의 원인으로 오십견이 온다고 했다. 그 외에

교통사고 또는 낙상으로 오랫동안 깁스를 할 경우와 다른 병으로 인하여 병상에서 머무른 시간이 많을 경우 기(氣)가 통하지 않아서 오십견이 오는 수가 많다고 한다. 습한 곳이나 찬 곳 또는 찬 것은 오십견에 좋지 않다는 이야기이다. 역설적으로 보면 따뜻한 곳과 따뜻한 것은 좋다는 이야기이니, 더운 나라에서 생활을 하는 것과 온탕 그리고 사우나는 좋다는 이야기이다.

셋째로 오랫동안 골프를 즐겼던 사람, 팔을 많이 사용한 야구선수, 무거운 돌을 뒤적이며 산 석공(石工), 그리고 가정주부와 같이 팔과 어깨를 계속하여 사용하신 분들은 일정기간이 지나면 오십견이 오는 경우가 많다고 했다. 특히 가정주부들의 상당수가 오십견 때문에 고통을 받으신 분과 고통을 받고 있으신 분들이 많다는 이야기이다. 기계도 오랫동안 사용하면 마모가 되어서 삐걱거리는 소리가 나듯이 어깨도 세월이 흐르면 고장이 나는가 보다.

증상

오십견이 진행됨에 따라서 낮에는 아무 증상도 나타나지 않다가 밤이면 어깨를 바늘로 콕콕 쑤시는 것 같은 통증이 온다. 심할 경우는 어금니를 꽉 물고 참아도 눈에서 닭똥 같은 눈물이 뚝뚝 떨어지기도 한다. 같은 침대에서 자는 사람이 곤하게 자고 있을 때, 신음소리를 낼 수도 없다. 참기가 힘든 일 중에 하나임에는 틀림이 없다. 부부 중에서 한 사람이 오십견의 통증에서 헤어나지 못하고 고통을 받고 있을 때, 상대의 따뜻한 말 한마디는 통증을 녹이고도 남는다고 했다. 중년 이후 부부간의 사랑을 확인하는 기회가 될지도 모른다.

어깨가 굳어짐으로써 팔의 회전반경이 좁아진다. 팔의 회전반경이 좁아지니 머리를 빗으로 빗을 수도 없다. 팔의 근력이 약해져 수저를 들어서 쭉 뻗을 수가 없으니 음식을 먹는데도 불편함이 이만저만이 아니다. 상의를 입고 벗는데도 한 쪽 팔을 사용할 수가 없으니 얼마나 불편하겠는가. 여자의 경우에는 브래지어를 매고 풀 수도 없을 것이다. 남편의 손길이 절대적으로 필요한 시기이다. 물론 치아도 마음대로 닦을 수가 없다. 고스톱도 손을 앞으로 쭉 뻗을 수가 없으니 마음대로 칠 수가 없다. 팔의 회전반경이 좁아짐으로써 마음대로 할 수 없는 불편함이야 이루 열거를 할 수가 없을 정도로 많다.

환자의 시각으로 본, 진단과 치료에 있어서 양의와 한의의 차이점

의사와 병원시설에 따라서 다르지만 문진을 하고, 엑스레이(X-

Ray)를 찍고 그리고 팔의 회전 반경을 체크하는 진단은 서양의사나 한의사나 대동소이한 것 같다. 치료에 있어서도 초기단계에는 약물치료와 물리치료를 병행하는 것도, 증상에 따라서 다르겠지만 환자의 눈에는 비슷하게 비추어진다.

한의는 침으로 어깨에 뭉친 어혈을 잘게 부수고, 탕약을 환자에게 복용시킴으로써 잘게 부순 어혈을 대소변을 통하여 몸 밖으로 내보낸다고 한다. 증상에 따라서 침을 놓는 위치와 깊이가 다르고, 탕약제의 재료가 다르다고 한다. 그곳에 노하우(Know How)가 있는 것 같다.

양의는 대개의 경우 주사를 엉덩이에 놓는다. 주사바늘이 아무리 길어도 보이지를 않고 조금만 참으면 된다. 한의는 긴 침을 보이는 데서 꾹 찌르고 손가락으로 침의 끝부분을 툭툭 친다. 꾹 찌를 때 아픔도 아픔이지만 손가락으로 침의 끝을 툭툭 칠 때는 본인도 모르게 입에서 악 하는 신음소리가 난다. 그리고 일정시간에 지나야만 침을 뽑으니 침은 공포의 대상이 아닐 수가 없다.

물리치료사는 저승사자다. 그들은 관절과 근육의 구조에 대한 박사들이다. 하루에도 수십 명의 환자들을 대하니 환자들의 아픈 부위를 용하게도 잘 알고 있다. 아픈 부위에 마사지를 하고 비틀어 대니 신음 소리가 절로 난다. 처음 며칠은 참기가 힘이 들지만 며칠 후에는 참을 만하다. 참을 만하다는 말은 병세가 상당히 호전되었다는 말이다.

양의에서는 석회화된 부분은 분쇄하고 회전 근개의 파열로 힘줄에 손상이 심할 때는 수술을 한다. 목 디스크와 어깨 결림은 오십견과 다름을 우리는 알아야 한다. 어느 날 갑자기 오십견이 와서 생활에 불편함을 주고 통증이 심할 때 우리는 당황하게 된다. 일반병원에 가서 양의사를 만나고 빠른 시일 내에 완치가 안 되면, 한의사를 찾아간다. 한의사를 찾았다가 완치가 안 되면 다시 양의사를 찾아간다. 병을 안고 길에서 왔다 갔다를 반복하다 보면 병은 어느 날 갑자기 씻은 듯이 낫는다.

세월이 약이다. 병세가 2년까지 가는 경우도 있지만 대개의 경우 일주일, 한 달 또는 두 달이면 완쾌한다. 오십견을 앓은 선배들의 의견은 소나기와 같이 지나가는 병이라고 한다. 통증이나 불편함을 참을 수만 있고, 아픈 부위를 매일 부드럽게 풀어 주는 운동을 계속한다면, 자연치유가 가능하다고 한다.

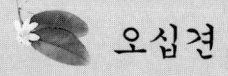 오십견

총소리가 지나간
오른쪽 날개
붉은 피가 흘러내린다

퍼덕이는 날개 속에
깃들인
세월의 슬픔

쫄 수가 없이 길어진 부리
낚아챌 수가 없는 발톱
날 수가 없는 날개가 애처롭다

세월의 무상함이여

내 사랑, 사랑니여! 영원히 안녕

이를 닦다가 보면 가끔 피가 칫솔에 묻어 나온다. 잇몸 어디에서 나오는지는 모르겠고 왜 피가 나오는지는 더더욱 모른다. 이가 아프지는 않으니 그저 의심만 갈 뿐이다. 차일피일 미룬 게 반년이 지나갔다. 지나가는 해를 넘기고 싶지 않아서 단골치과를 찾아갔다. 의사가 사진을 보여주면서 설명을 한다.

"굽은 새우등같이 치아와는 다른 방향으로 누워있는 사진이 보이지요. 이것이 선생의 사랑니입니다. 아래턱 오른쪽의 사랑니가 썩고 있습니다. 세월이 가면 옆의 어금니에 영향을 줄 수도 있고 종양의 근원이 될 수도 있습니다. 사랑니는 보통 위 아래턱 좌우에 있으니 모두 네 개가 됩니다. 위치는 두 개의 어금니 다음에 있기에 제3대구치라고도 합니다. 18세 정도의 사춘기에 치아가 나오지요. 지혜를 알만한 나이에 나온다고 해서 서양에서는 'Wisdom Teeth' 라고도 합니다."

원시시대에는 사랑니가 필요했지만 지금은 필요가 없어서 퇴화

했지요. 사람에 따라서 죽을 때까지 나오지 않는 경우도 있고, 턱뼈 속에 있는 경우도 있습니다. 밖으로 나온 사랑니는 대개의 경우 젊은 나이에 벌레가 먹기에 뽑아 버리지요. 종합병원으로 가서 이를 뽑으십시오. 어금니 하나 뽑는데 종합병원으로 가라는 말에 석연치 않음을 느끼게 한다. 사랑니 근처에는 신경다발이 지나가고 수술을 하다가 실수를 하면 얼굴에 마비가 온다는 사실을 나중에 알았다. 수술 시간도 30분에서 3시간이나 걸린다. 의료수가도 낮고 책임만 돌아오니 의사로서는 피할 수 있으면 피하는 게 상책인지도 모른다. 그러나 환자가 감수해야 하는 불편은 이루 말을 할 수가 없다. 이를 하나 뽑는데 몇 개월을 기다려야 하는 일이 일어나고 있으니 말이다.

첫 번째 수술

소개를 받고 가서인지 간호사도 의사선생님도 친절하다. 고혈압이나 당뇨가 있느냐고 묻는다. 없다고 했다. "연세가 드실수록 사랑니와 턱뼈가 꼭 붙어서 떼어 내기가 아주 힘이 듭니다. 그러나 걱정을 하지 마십시오!" 라고 자신감이 넘치는 의사 선생님이 말했다.

마취주사를 놓더니 한참 있다가 다시 와서 입을 열라고 한다. 얼마의 시간이 흘렀는지는 알 수가 없다. 입 안에 고인 침을 빨아들이는 썩션(Suction) 소리, 앵글로 이를 갈아내는 소리가 청각을 자극한다. 얼굴마저 죽은 사람처럼 천으로 뒤집어 씌웠으니 눈을 꼭 감고 가만히 있을 수밖에 없다.

긴장이 돼서 주먹을 불끈 쥐고 누워 있으니 어깨에 힘을 빼라고 한다. 얼마 후, 딱 하는 소리가 나도 놀라지 말라고 한다. 곧바로 망치소리가 들린다. 아래턱에 힘을 주라고 한다. 아래로 두드리는 망치의 힘을 아래턱으로 받히라는 말이다. 망치가 아래로 내려칠 때마다 아래턱에 온힘을 다해서 떠받혔다. 썩션 소리 망치 소리 그리고 톱날이 돌아가는 소리가 교대로 반복해서 병원 내의 고요를 깬다. 긴 터널을 지나가기에는 참기가 힘이 드는 고통의 연속이다. 드디어 전리품을 의사선생님이 보여준다. 윗부분이 시커멓게 썩은 치아다. 사진에서 본 미라의 치아와 똑같다.

"수술은 잘 됐습니다만 이 사진을 보십시오. 목구멍 가까이 아래턱에서 위로 올라간 흰 선이 신경줄기입니다. 신경줄기 가까이를 건드리지 않기 위하여 사랑니 뿌리는 그냥 놓아두었습니다. 현재의 상태는 아주 좋습니다. 만약 앞으로 문제가 생기면 종합병원엘 가셔야 합니다만 대개의 경우 별 문제가 없으니 걱정을 하지 않으셔도 됩니다."

시계를 보니 두 시간이 훌쩍 지나갔다. 다시 반추하고 싶지 않은 시간이다.

힘없는 발걸음을, 간호사가 있는 쪽으로 옮겨 처방전과 주의사항을 받았다. "거즈는 환부에 물고 있다가 2시간마다 뱉어 내십시오. 물론 피가 멎을 때까지 물고 계셔야 합니다. 술, 담배 그리고 목욕은 이틀 동안 금해야 합니다." 발치 후 3일 경과 시 심한 통증을 느끼면 꼭 다시 치과에 들러달라는 부탁의 말까지 챙겨 말했다. 모두가 하지 말라는 것뿐이다.

술이 곤드레만드레 취한 사람과 같이, 3일 동안 낮과 밤을 약을 먹고 자고, 자고 먹고를 반복했다. 3일이 지나니 통증도 가시고 살 것만 같았다. 평화도 잠깐이다. 먹던 약을 중단하니 잇몸이 욱신거리고 통증이 심하게 온다. 진정을 할 수가 없다. 참을 수가 없어서 다시 진통제를 입에 털어 넣고 방을 뺑글뺑글 몇 바퀴씩 돈다. 그러다가 진통이 되면 잠을 자고, 잠이 깨면 다시 약을 먹고. 그렇게 며칠이 지났다. 1차 수술을 한 지 10일이 되던 날, 더 참을 수가 없어서 예약도 하지 않은 채 치과에 갔다.

두 번째 수술

"신경 뒤에 숨어 있는 어금니 뿌리에 염증이 있습니다. 이제는 어프로치(Approach)를 할 수 밖에 다른 방법이 없습니다." 따갑고 아프다. 마취주사를 놓은 것 같다. 의사는 결연한 자세로 임하는 것 같다. 뒤로 물러설 수 없다는 듯이 속전속결이다. 환자의 의견을 묻던 것은 옛날의 일이다. 조금 후 다시 얼굴에 보자기 같은 것을 씌운다. 첫 번째 수술 때와는 전혀 다르다. 부두 노동자가 짐짝을 다루듯이 인정사정을 두지 않고 막 다룬다.

왼쪽 위턱과 아래턱 사이에 큰 물체를 집어넣는다. 입이 자동으로 벌어지고 내 의지로 입을 다물 수가 없다. 아래턱에 힘을 주라고 하면 힘을 주고 고개를 오른쪽으로 돌리라면 돌리며 절에 간 여자와 같이 시키는 대로 했다. 찢어진 입이 아프고 아랫입술은 상처가 났는지 쓰라리다. "간호사! 글리세린." 하는 소리가 들린다. 조금 후 찢어진 입 주위에 글리세린을 바르는 것을 느낌으로 알 수가 있다. 목젖 옆 깊은 곳에 자리를 잡고 있는 사랑니 뿌리를 뽑자니 얼마나 힘이 들겠는가. 치과 기구를 든 남자 손으로 좁은 공간에서 작업을 해야 하니 어쩔 수가 없는 노릇이지만 당하는 사람은 고역 중에 고역을 치르고 있는 게다.

마취가 된 곳은 사랑니 주위뿐이다. 참기가 너무 힘이 들어서 손바닥으로 의자를 쳤다. 중단을 해달라는 신호이다. 유도시합에서 목조르기 또는 누르기를 당할 때 참을 수가 없으면 항복의 표시로 손바닥으로 매트를 친다. 의사가 항복의 표시를 인지한 것 같다. 5분간 쉬자고 일방적인 선언이 의사의 입에서 나온다. 그도 인간인지라 힘이 드는 것 같다.

지그시 눈을 감았다. 앞에는 스크린이 펼쳐지고 바지저고리를 입은 시골의 어린아이가 보인다. 일본식민지 지배 하에서 세상의 빛을 보았다. 여러 남매 중에서 막내아들로 태어났으니 아버지에게는 눈에 넣어도 눈이 아프지 않은 뒤늦게 얻은 아들이었다. 사랑은 내리 사랑이라고 했던가. 아버지가 시장 통을 돌아서 집으로 오는 날은 어김이 없이 앞 조끼 주머니가 불룩했다. 아버지보다도 주머니에 든 사탕이 더 좋았다. 아이는 사탕이 좋았고 아버지는 사다가 준 사탕을 입에 넣고 오물오물 빨고 있는 어린 아들이 얼마나 귀여웠겠는가. 유년 시절부터 치아는 그렇게 서서히 망가지기 시작을 한 게다. 1950년대는 참혹한 6·25전쟁이라는 장막에 막혀 목구멍에 풀칠을 하기도 바쁜 시기였으니 사자표 치분과 소금이 유일무이하게 치아의 보호자 역할을 하지 않았던가. 1960년 대는 군복무를 마쳐야 하고, 공부도 마무리 그리고 결혼까지 해야 했으니, 숨 가쁘게 달려온 세월이 아니던가. 하루에 세 번 끼니마다, 식후 3분 이내에 이를 닦기 시작을 해서 3분 동안 이 사이를 골고루 닦아낼 한가한 시간이 있었던가. 소변을 본 후 거시기도 볼 수 없을 만큼 바쁜 세월이었다. 솔직히 말해서 이의 중요성도 모른 채 세월을 보냈다는 표현이 옳을 지도 모르겠다.

1970년대부터 10년마다 주기적으로 큰 공사를 했다. 첫 번째는 벌레 먹은 치아를 잘라내고 갈아낸 후 금속(Metal)으로 이를 씌웠고(Crown) 두 번째는 앞니를 자르고 뿌리만 남긴 채 뼈 색깔의 인공치아(Porcelain)를 만들어 넣었다. 죽을 때까지 복숭아를 깨물어 먹을 수 있다는 의사의 자신만만한 말은 지금도 귀에 쟁쟁한데 사실은 20년을 버티지 못했다. 관리를 잘못한 결과라는 생각을 지울 수가 없다. 세 번째는 메탈을 제거하고 금으로 씌웠고 네 번째는 재 수리에 일부를 임플란트(Implant)까지 했다. 아직도 끝도 없이 치과엘 가야 한다. 생명이 다할 때까지 말이다. 생쥐가 풀 방구리를 드나들 듯이 청년기 이후의 생을 쉬지 않고 드나든 곳이 치과이다. 그간에 치과에 지불한 돈이 얼마인지, 받은 고통이 얼마인지는 본인도 모른다. 확실한 것은 여자의사한테 치료를 받으면 남자의사보다는 통증을 덜 느끼었다는 사실뿐이다.

의사가 다가온다. "다시 시작을 합시다."라는 의사의 말이 떨어지기가 무섭게 간호사가 얼굴에 천을 뒤집어씌운다. 죽은 사람 또는 인질들에게 하는 것과 똑같아서 기분이 아주 찜찜하다. 아래턱을 아래로 힘껏 밀면서 턱에 힘을 주라고 한다. 줄 힘도 없다. 고개를 의자 머리 받침대에서 떨어뜨려 버렸다. 하도 힘이 들어서 또 다시 왼손을 들었더니 의사가 깜짝 놀란다. 신경줄기 있는 곳이 아프냐고 묻는다. 그렇다고 신호를 보냈더니 의사가 갑자기 흥얼흥얼 콧노래를 부른다. 산골아이들은 달 밝은 밤에 산길을 걷다가 갑자기 새가 날아오르거나 산짐승 때문에 부스럭 하는 소리가 나면 무서워서 노래를 부르며 간다. 의사도 겁을 먹은 게 확실하다.

첫 번째 수술은 아무것도 모른 채 받았기에 처녀의 첫날밤과 같이 아프기만 했다. 그 이후 사람들한테서 많은 이야기를 들었다. 아들과 딸들이 아버지를 기쁘게 해드리기 위해 칠순잔치 기념으로 틀니를 해드리려고 치과에서 이를 뺀 후 아버지가 죽었다는 이야기, 이를 빼다가 마취상태가 깨지 않아 영원히 잠들었다는 이야기, 이를 뺀 후 지혈이 안돼서 고생을 했다는 이야기 등등. 실질적으로 이를 빼다가 발생하는 의료사고가 적지 않다는 것을 알았기에 이번에는 은근히 겁도 났다. 수술을 하던 의사가 느닷없이 "걱정을 하지 마십시오."라고 한 마디를 던진다. 의사가 겁을 먹고 있다는 말인지, 아니면 환자가 지금 떨고 있는 사실을 감지하고 하는 말인지 알 수가 없다. 이번에는 3분만 쉬자고 의사가 휴전제의를 한다. 환자는 힘이 빠져서 늘어진 상태이고 의사도 무척 힘이 든 모양이다. 고문을 받다가 실신을 한 채 누워있는 사람의 심정을 헤아릴 것 같다.

우리는 환골탈퇴(換骨奪胎), 분골쇄신(粉骨碎身), 각고(刻苦), 각골난망(刻骨難忘) 같은 뼈와 관계된 말을 쉽게 한다. 하지만 이것들은 그렇게 쉽게 입에 올릴 말이 아니라는 생각을 한다. 1958년 11월 3일은 서울에서 전국체전이 열렸던 날이다. 서울 가는 첫 기차를 타기위해 아침 일찍 평택 고향집에서 나왔다. 안개 낀 새벽길을 혼자 보내기가 안쓰러웠는지 아니면 들려드린 꿈 이야기가 마음에 걸리었는지 지금은 하늘나라에 계신 어머니가 동행을 해주었다.

활에 화살을 걸고 시위를 힘 있게 당기는 순간 활의 중간 부분이 딱하고 부러지는 꿈을 꾸었다. 서울 대표인 보성고등학교와의 마지막 한 판이었다. 왼쪽 쇄골이 부러졌다. 한쪽 날개가 부러진 새가 되어서 꼼짝을 못하고 이불을 등 뒤에 고인 채 몇 달을 누워 있어야만 했다. 오른손을 움직일 수가 없어서 밥마저 혼자서 먹을 수가 없는 고통을 받았다. 뼈가 부러지는 아픔을 어린나이에 경험을 했다.

집사람과 그녀의 학교동창인 죽당 선생님 그리고 나, 그렇게 산뜻한 출발을 했다. 대개의 경우 캐디와의 의사소통이 잘 안되니 눈치가 남달리 빨라야 의사소통에 불편함이 작아진다. 그날은 체격이 훤칠하고, 인물도 좋고 영어도 곧잘 하고 예의도 바른 캐디를 만났다. 운동에도 일가견이 있어서 드라이버 샷을 한 후 꺼내주는 아이언으로 샷만 하면 정확하게 파온이 된다. 골퍼의 비거리를 안다는 이야기가 아닌가. 입맛에 맞는 캐디를 만났으니 함박웃음이 저절로 나오고, 기분을 좋게 하는 엔도르핀이 몸에서 팍팍 나오는 것 같다. 집 사람과 거리가 멀어질 때마다 눈치를 보면서 캐디와 슬쩍슬쩍 말을 나누었다. 결혼을 했느냐고 했더니 지금은 이혼을 하고 어린 딸과 함께 살고 있다고 했다. 입맛이 당기는 말만 골라서 한다. 야무진 일탈을 꿈꾸었다.

날씨가 더워서 이마에 땀이 흐른다. 땀을 씻으러 수건이 있는 카트로 갔다. 왼발을 카트에 올려놓고 오른손으로 수건을 집으려는 순간 왼발이 카트의 액셀러레이터를 밟았다. 카트가 급발진을 하며 쏜살 같이 달리다가 앞에 있던 야자나무를 들이받고는 멎었다. 순간 숨을 쉴 수가 없었다. 사람은 이렇게 죽는구나 하는 생각이 번개같이 머리를 스치고 지나간다. 병원에 가서 사진을 찍어보니 갈비뼈가 세 개나 나가버렸다. 집사람을 옆에 두고서 한 짓거리이니 하늘이 노해서 준 벌이다. 앉고 눕는 게 자유롭지 못하니 그때마다 통증이 아주 심했다. 통증을 줄이기 위해 21일 동안 소파에 앉아서 낮과 밤을 보낼 수밖에 없었다. 낮에도 잠을 자고 밤에도 잠을 자니 낮과 밤의 구별이 안 된다. 뼈가 부러지는 아픔을 두 번째 당하고 있다. 이번에는 뼈를 깎고 쪼개는 아픔을 당하고 있는 것이다. 70년 동안 동고동락을 한 사랑니를 마지막으로 보내는 행사이기에 더 힘이 드는지도 모르겠다.

"다시 시작을 합니다. 끝마무리 단계이니 조금만 참으십시오." 라는 말이 떨어지기가 무섭게 의사가 팔을 걷어 올리고 덤벼든다. 저승사자 같이 보인다. 일본 군인들에게 짓밟히는 정신대원과 같이 몸을 맡기고는 눈을 감은 채 말없이 있었다. 사지가 축 늘어진다. 망치 소리도 썩션 소리도 멀리서 아련히 들리는 듯 했다. 피로와 잠이 슬그머니 다가오고 있었다. "이젠 눈을 떠 보십시오, 끝이 났습니다." 의사의 목소리가 들린다. 길쭉한 치아 뿌리 하나와 두 동강이 난 또 다른 치아 뿌리가 나를 보고, 저도 별수가 없이 뽑혔노라고 시니컬하게 웃는 것 같았다. 그와의 힘이 들었던 마지막 이별이다. 온몸이 후줄근하게 땀에 젖어 있었다. 시계를 보니 2시간 20분이 지나갔다. 불이 활활 타는 지옥에서의 시간이었다.

사랑니

내 사랑 옆으로 비스듬히 누워
잠자던 눈 비비고
반란을 일으키다

바람이 지나며 낸 깊은 상처
유리잔이 깨지는 소리
핏물이 흥건하다

헤어질 수 없다는 몸부림
장갑 낀 의사의 손은
몸에서 너를 무자비하게 떼어낸다

뼈를 깎는 아픔이 온몸을 흔들어도
불끈 쥔 두 주먹 앞에선
힘을 잃고 쓰러지나니

두 시간여의 피 흘리는 싸움
썩은 사랑니 하나 미라가 되어
파아란 하늘을 향해 웃고 있다

사랑은 스쳐가는 바람인 것을

수면 내시경

살아오면서 수면 내시경이란 말은 많이 들어왔다. 말 그대로 자면서 장을 검사받는 걸로만 알고 있었고, 나와는 아무런 관계도 없는 것으로 여겼다. 건강보험공단에서 보내준 안내서에서 본인이 비용의 10%만 부담을 하면 공짜로 해준다는 문구가 눈길을 잡았다. 가까운 친구 K는 검사를 받고 용정을 떼어 냈다는 이야기 그리고 P는 의외로 암을 조기 발견했다는 이야기가 설핏 머릿속을 스치고 지나간다.

"그래, 유비무환이야. 내 나이도 만만치 않은 나이야!" 혼자서 중얼거리고 있는데 손가락은 이미 S병원 전화번호에 얹혀있었다.

"금년 예약은 모두 끝났습니다."

예기치 않은 매몰차게 들리는 답이 사람을 당황하게 만든다. 급한 마음으로 D병원의 문을 두드려 보았다. 내일 아침은 어떠냐고 한다. 앞뒤를 가리지 않고 좋다는 신호를 보냈다. 의외로 쉽게 예약을 했다.

와! 참말로 참기 힘든 일이다. 굴뚝 청소와 같다. 간호사가 하라는 대로 자세를 취하고 눈을 감고 침대 위에 누워 있으니 섬광이 번쩍하고 빛을 발하면서 지나간다. 이어서 목구멍에 무엇인가를 집어넣는다. 집어넣은 물체가 목젖에 닿는 순간 토할 것만 같다. 비위가 상한다. 입에 고인 침을 꿀꺽하고 삼켰다. 침을 삼키면 기도가 상할 수 있다고 의사 선생의 경고가 귓전을 때린다.

장이 꿈틀하는 것을 느낄 수가 있다. 괴물이 장까지 내려간 모양이다. 공기를 빼는지 트림이 난다. 숨을 쉴 수가 없어 이를 악물고 괴로워하니 간호사가 등을 손바닥으로 도닥도닥 쳐 주며 코로 숨을 쉬라고 한다. 유년기에는 급하고 게걸스럽게 음식을 먹었기에 잘 얹혔다. 그때 등을 쓰다듬어 주던 어머니의 손맛이다. 조금 진정이 되는 것 같았다. 내시경으로 목구멍에서 십이지장까지 내려가면서 사진을 모두 찍은 모양이다. 보이지 않는 뱃속까지 사진을 찍을 수 있으니 의술이 많이 발전했다. 간호사가 휴지를 주면서 화장실에 가서 얼굴 정리를 좀 하고 다시 오라고 한다.

헝클어진 머리와 얼굴에는 흥건한 땀방울이, 그리고 눈물범벅이 된 눈이 거울에 비추어진다.

"내시경을 하실 때는 그냥 하실 수도 있고 수면 내시경을 할 수도 있습니다. 수면 내시경 비용은 8만 원입니다."

두 번씩이나 돈을 강조한 의미를 이제야 알 것 같다. 그 뿐인가? 시원치 않은 틀니가 있느냐고 물었던 의미도 입에 마우스피스를 끼워줄 때 알았다.

손으로 헝클어진 머리와 얼굴을 대강 정리를 하고 최종 심판을 하는 의사 선생 앞에 앉았다. 가슴이 두근거린다. 무슨 말이 의사 선생 입에서 나오는가에 따라서 희비쌍곡선이 그려지지 않는가? 바로 앞의 환자에게는 용정제거 수술을 곧 해야 한다고 했고, 전전 환자에게는 조그만 용정이 자라고 있으니 2년 후에 보자고 한다. 염라대왕이 따로 있는 게 아니다. 최후의 심판을 하는 의사 선생이 염라대왕이다.

"사진을 보십시오! 위를 비롯하여 십이지장까지의 사진입니다. 70여 년을 사용한 장기인데 상태가 비교적 좋습니다."

비교적이라는 단어가 마음에 거슬린다. 신경을 곤두세우고 이어지는 말에 집중을 했다.

"이 사진을 보십시오! 약간 염증이 있는 것 같아서 조직검사를 하려고 조금 떼어 냈습니다. 경미하니까 처방전은 드리지 않겠습니다." 조직검사라는 말은 암을 염두에 두고 하는 말은 아닐까 하고 신경이 쓰이다가 경미하다는 말에 안심이 되고는 한다.

"자세한 검사 결과는 2주 내에 우편으로 송달이 될 겁니다."

얼마동안을 기다린 것과는 상관없이 어느 병원이고 의사와의 상담은 5분을 넘지 않는다. 많은 환자와 상담을 해야 하는 의사의 입장은 이해가 가기는 하지만 환자의 입장에서 보면 아쉬울 때가 많다.

다음 환자가 기다리고 있으니 나가 달라는 말로 알았다. 감사하다는 말을 남기고 아침을 굶었으니 먹으라고 병원에서 준 빵과 우

139

유를 손에 들고 집으로 발길을 향했다.

집에서 기다리고 있던 아내는 내가 의사 선생의 입만 보고 있었던 것처럼, 겁먹은 눈으로 내 입만 빤히 쳐다보고 있다.

"아무 걱정 말라고 하더군. 2년 후에 다시 가면 될 거야!"

아무 도움이 되지 않는 아내에게 근심걱정을 줄 필요는 없다. 나는 마음에 평화를 주는 따뜻하게 끓인 안심탕 한 그릇을 아내에게 선사를 했다. 거짓말과 절제된 말이 때로는 상대에게 편안함을 준다.

주위에 있는 사람들에게 내시경 이야기를 하면 대수롭지 않게 듣는다. 조금의 불편함은 있었지만 그렇게 고통스럽지는 않았다고 하는 사람들이 많다. 과거의 고통은 시간이 지났기에 망각이 작용을 해서일까? 아니면 내가 남달리 예민해서일까? 어찌 되었던 참기 힘든 긴 시간의 연속이었다. 다음에 내시경으로 장을 찍을 때는 돈 생각을 하지 말고 무조건 수면 내시경을 하리라.

허기진 배를 채우고 혼자서 곰곰이 생각을 했다. 인생은 생로병사가 아닌가? 종착역에 다다른 기차가 기적 소리를 크게 내면서 발버둥을 친다고 종착역의 선로가 연장되지 않는다. 고통이 있는 죽음을 피할 수만 있다면 얼마나 좋겠는가? 그러나 급살 맞은 경우를 제하면 병으로 고통을 받다가 죽는 것은 피할 수 없는 길이다. 자료에 따르면 마지막 가는 길에서 병으로 고통을 받는 기간이 평균 9년이라고 했다. 말이 9년이지 본인은 물론, 주위 사람들에게는 얼마나 긴 세월인가? 주위 사람들에게 피해를 주지 않고 자는 듯이 죽을 수만 있다면 얼마나 좋겠는가? 이것도 마음대로 할 수가 없는 일이다. 모든 것은 하늘에 맡기고 오늘을 충실히 살 수밖에 다른 방법이 없다.

연기 속에 낭만도
날개를 접어야 하는가?

담배의 원산지는 남아메리카 안데스산맥의 고산지대라고 했다. 콜럼버스가 1492년 아메리카대륙을 발견하고 인디언들이 피우는 담배를 처음 본 이후 비로소 문명인들에게 알려졌다고 했다. 한국에 담배가 들어온 시기와 경로에 대하여서는 정확한 기록이 없으나 담배에 대한 문헌의 기록을 종합해 보면 1600년대에 일본에서 들어왔다고 추측을 할 수 있다고 했다.

담배가 한국에 들어온 시기에는 의학이 발달하지 못하였기 때문에 담배가 의약품 역할을 많이 했다고 한다. 특히 기생충 때문에 복통이 심할 때 담배를 피워 복통을 진정시키고, 치통이 있을 때 담배 연기를 뿜어 치통을 진정시키며, 곤충에 물렸을 때 그 상처부위에 담배를 피운 후의 침을 발라서, 상처의 지혈 또는 화농을 방지했다고 한다. 특히 담을 치료하는데 효과가 크다고 한다. 담배를 의약품으로 사용했기에, 사람들이 3~4살부터 담배를 피웠다는 말과 그 당시에는 폭발적인 인기가 있었다는 말에 수긍이 간다. 하지만 현대는 담배를 피우는 사람들이 모두 죄인 취급을 받고 있다. 400년 전 우리 조상이 현재의 우리를 볼 수가 있다면 어떤 생각을 할까 하고 궁금해진다.

어릴 적 호기심에 누가 볼까봐서 문을 꼭꼭 잠그고, 다락방 속에 숨어서 성냥불을 그어서 담배에 불을 붙이고 몇 모금을 빨아 보았다. 기침에 재채기, 그리고 눈물, 콧물이 쏟아지는 바람에 혼비백산하여 다락방에서 뛰어내려왔다. 그때 나이가 여섯 살이었다. 철이 없어도 한참은 없었다. 집에 불을 내지 않은 것만 해도 얼마나 다행인지 모르겠다. 지금 다시 생각을 해봐도 등골이 오싹해진다. 어릴 때의 호기심과 사리를 분별하는 힘의 균형이 이루지지 않았을 때, 행하는 행위는 의외의 결과를 초래할 수도 있다는 생각을 다시 해본다. 또한 청소년 범죄의 상당 부분은 어른들의 행동에서 영향을 받는다는 생각을 지울 수가 없다.

중, 고등학교 시절 동급생과 선배들이 문구점에 드나들면서 '쿨' 이라는 약한 담배를 몰래 피우는 것을 보아도, 화장실에서 순서를 기다리며 순번제로 피우는 담배는, 늘 거리가 먼 다른 사람들의 일로 치부를 했다. 논산훈련소에서 몇 개비씩 주던 담배도 옆 전우의 몫으로 보태주고는 했다. 최전방에 부대 배치를 받으면서 문제는 다시 발생을 하고 말았다. 너는 일이 끝난 후에 푸른 하늘을 보면서 하얀 담배연기를 품어내는 낭만도 없이 젊음을 보내고 있느냐는 전우의 핀잔에 쇼크를 받았다. 그 당시에는 그 말 한

마디가 옹색하고 여유가 없는 자화상을 보는 것 같았다.

담배를 배우기로 결심을 했다. 담배를 배우기는 담배를 끊는 것만큼이나 힘이 들었다. 지시대로 담배 연기 한 모금을 쭉 빨아서 들이켰다. 기침이 나고 어지럽고 두통이 온다. 유년의 추억이 엉켜서 다가온다. 악동의 지시에 따라서 물을 한 모금 마셨다. 담배 한 모금 빨고 물 한 모금 마시고, 반복을 했더니 한결 참기가 부드럽다. 내친김에 이제는 한 술을 더 떠서, 콧구멍으로 담배연기가 나오게 하는 요령을 알려준다. 어렵사리 배운 담배가 종아리에 붙은 거머리같이 일생을 졸랑졸랑 따라 다닌다. 이제는 떼어버리고 싶어도 떼어버릴 수가 없는 다정한 친구가 됐다. 50년 지기인 너와의 이별을 생각하고 있는 상대를, 너는 모르고 있을 것이기에, 발걸음을 옮기기가 힘이 드는지도 모르겠다.

옛날에는 담배를 피우면 성인이 되었다는 표시이기도 했다. 짧은 군 생활을 마치고 다음 학기까지의 공백을 메우기 위해 반 년 동안 고향집에 머물렀다. 담배를 피우다가 어머니에게 처음으로 들켰다. 너도 이제는 성인이 되었구나 하는 신기해하고 흐뭇해하는 표정을 어머니의 얼굴에서 읽을 수가 있었다. 어느 날 상록수 몇 갑을 빙그레 웃으면서 아버지가 던져 준다. 부부끼리 나눈 대화가 빌미가 되었나 보다. 낳아 주고 키워준 큰 공보다는 돈 한 푼도 없는 백수로 있을 때, 사다가 준 담배 몇 갑을 생각하면 지금도 감사한 마음이 들고 부자의 정을 느낀다. 인간은 상대에게 인정

을 받고, 어려움을 알고 도와주는 도움을 받을 때가 감동적인가
보다.

담배에는 나쁜 점만이 있는 것은 아니다. 스트레스를 강하게 받
을 때, 담배연기를 가슴 속으로 깊게 들이마신 다음에 연기를 밖
으로 길게 품어보아라. 그리고 도넛형태의 동그라미를 연속하여
만들어 내면서 갖가지 상상을 해보아라.

품어 나가는 흰 연기 속에 흩어지는 근심과 걱정을 보았는가.
글귀가 막히고 생각이 떠오르지 않을 때 한 개비의 담배를 피우면
글귀가 뚫리고 생각이 떠오름은 무엇으로 설명을 해야 할까. 노름
판에서 있는 돈 모두 털리고 피울 담배마저도 없을 때, 재떨이에
남은 꽁초에 불을 붙여서 힘 있게 입술로 빨아보았는가, 초조함이
가시지 않았던가? 속이 거북하고 소화가 안 될 때 담배보다도 더
좋은 약이 있던가. 담배를 피워 보지도 않은 분들이 담배는 조건
없이 나쁘다고만 할 때는 할 말을 잊는다.

담배는 후두암과 폐암의 주범이고, 모든 암의 근원이며 또한 뇌
졸중의 원인이 된다고 한다. 매스컴에서는 여름철에 개 패듯이 시
도 때도 없이 두들겨 팬다. 담배의 주성분인 니코틴은 신경을 마
비시켜서 구토증, 현기증, 두통을 유발시킨다고 한다. 타르 속의
발암물질은 현재 열다섯 종류로 밝혀졌다고 한다. 담배연기 속에
는 이산화탄소를 비롯한 여러 가지 화학물질, 어느 것 하나 몸에
이롭다는 말은 없다. 그러나 상당수의 의사와 매스컴 종사자들은
오늘도 담배를 피우고 있다. 중독성이 강해서 아니면 몸에 밴 습

관 때문이리라.

외출 시에는 담배와 라이터를 꼭 챙겨야 하고, 주머니와 주위는 늘 청결하지 못하다. 담배를 피운 후에 입 냄새는, 술에 만취가 된 사람의 입 냄새보다도 더 고약하다. 아내가 좋아할 이가 없다. 늙으면 몸에서도 담배 냄새가 나서 손자 손녀도 품에 안기지 않는다. 또 하나의 즐거움을 빼앗기는 일이니, 늙는 것도 서러운데 이는 얼마나 슬픈 일인가. 해면체에 피돌기가 시원치 않아서 거시기도 약해진다고 한다. 이는 비뇨기과 의사의 소견이다. 궁금하신 분은 본인 스스로 임상실험을 해 보면 알 수가 있는 일이다.

마약과 담배 그리고 알코올과 도박은 우리의 일상과 불가분의 관계를 맺고 있다. 위에 열거한 네 가지는 적당한 선에서 절제를 하면서 이용을 하면 우리에게 어느 정도 유익한 점도 있지만, 대부분 도가 지나쳐 삶에 치명적인 파멸을 가져온다. 한 번 중독이 되고 습관이 되면, 중독성과 습관성에서 벗어나기란 그리 쉬운 일이 아니라는 것을 우리 모두는 알고 있지만, 우연한 기회에 한 번 걸려들면 상당수는 진 수렁에서 헤어 나오지를 못하고 파멸을 하고 만다. 이 얼마나 무서운 일인가.

마약은 법으로 금하고 있고, 알코올 중독자도 치료를 하기 위하여 요양소를 가야 하는 것으로 알고 있다. 그러나 니코틴 중독자를 관리하는 국가기관이 있다는 사실은 들은 적이 없다. 근간에는 사회통념이 애연가들의 운신의 폭을 줄이고 있다. 비행기 안에서도 금연석을 만들어서 애연가들에게 배려를 해 주는 척 하더니 이제는 장거리, 단거리 할 것 없이 모두 문을 닫아버렸다. 담배를 피우면 벌금을 내야 한다는 문구만이 크게 쓰여 있을 뿐이다. 장소에 따라서 법으로 금한다는 말이다. 여행 중에 비행시간이 지루하고 무료할 때, 피워 문 담배 맛을 안 피워 본 사람이 어떻게 알겠는가. 그래서 담배를 심심초라고 했지 않은가.

공항 한 구석에는 대공원의 원숭이 집과 같이 담배 피우는 곳을 만들어 놓았다. 그곳에는 아들과 딸들 또래는 고사하고, 손자 손녀 같은 또래들과 함께 담배를 피워야 한다. 즐기는 낭만이 아니고 고역을 치르는 것이다. 그뿐인가. '이 건물은 전체가 금연구역입니다.'라고 대문짝만하게 크게 쓴 글씨를 여기저기서 쉽게 발견을 할 수가 있다. 또한 식당에는 금연구역이란 스티커가 빠짐이 없이 붙어 있다.

음식을 먹은 후 피우는 담배 맛이 얼마나 구수하고 소화에 도움을 주는지를 몰라서일까. 아니면 식후일미라는 애연가의 변을 몰라서일까. 아니다, 뜨거운 격정의 밤을 보낸 후 피워 문 담배의 맛을 몰라서 일 것이다. 간접흡연의 피해까지 역설을 하며 담배를 피우지 않는 분들이 조성하여 놓은 사회통념이 애연가들의 설 자리를 좁히고 있다. 재떨이에 쌓여가는 담배꽁초 숫자에 비례하여 원고의 매수가 늘어난다는 K형이 지금도 담배를 피우고 있는지,

아니면 글쓰기를 중단하고 있는지가 궁금하다.

담배를 끊는다는 것, 중독성과 습관성에서 벗어나기가 얼마나 힘든 일인지는 당사자가 아니고서는 알 수가 없는 일이다. 결심을 하고 단번에 금연을 한 사람도 가끔은 있다. 그러나 그들은 폐 깊숙이 연기를 들이마셔 담배의 참 맛을 아는 사람이 아니다. 흔히 말하는 붕어 같이 뻐끔 담배를 피우는 사람들이다. 이런 분들은 중독성이 별로 없으니 습관성만 고치면 쉽게 금연을 할 수가 있다는 생각을 한다.

금단의 현상으로는 계속하여 낮과 밤을 가리지 않고 잠을 자는 사람, 피부가 가려워서 가려움증을 호소하는 사람, 아무 것도 아닌 일에 화를 자주 내는 사람, 음식을 계속하여 먹는 사람, 정서적으로 불안하여 손과 발을 계속하여 흔드는 사람 등 각양각색으로 증상이 나타난다. 금연을 잘하고 있다가, 길게 늘였던 고무줄을 놓으면 다시 원점으로 돌아가듯이, 다시 담배를 피우는 사람들도 많다. 일정기간 금연을 했다가 다시 시작을 할 경우 피우는 담배의 양은 두 배로 는다.

실패를 한 분들의 대개 경우에는 바둑 또는 화투나 포카를 할 때, 술을 마실 때, 담배를 즐기는 사람과 함께 일을 할 때, 조그마한 일에 화를 내고 참지 못했을 때, 넘어서는 안 될 선을 넘고는 후회한다. 금단의 벽이 높기는 높은가 보다. 실패와 시도를 거듭

하면 끝내는 금연에 성공하는 경우를 많이 보아왔다. 또래 중에는 수술 후 의사의 권고에 의해서, 또는 담배를 계속하여 피우면 암에 걸려서 죽는다는 말에, 미리 겁을 먹고 상당수가 담배 피우기를 중단했다. 노년층으로 갈수록 담배를 피우는 사람은 가뭄에 콩 나듯이 극소수에 지나지 않는다.

처음 사람을 만나면 인사를 나누고, 명함을 교환하고, 그 다음에는 담배를 권한 후에, 부드럽게 대화를 시작하던 어제는 지나갔다. 식당은 물론 대부분의 건물들이 금연 건물로 지정되어 있다. 심지어 공원과 버스정류장까지 금연구역으로 지정을 하고 있다. 끽연을 허락하고 있는 곳을 가보면 더욱이 한심하다. 자식 또래가 아니고 손자 손녀들과 함께 담배를 피워야 하니 말이다. 담배를 피워 입에 물 때는 죄지은 사람처럼 주위의 눈치를 보아야 한다. 그뿐인가? 몰래 피우고 와도 담배냄새 때문에 또 한 마디를 들어야 한다. 애연가의 변은 변명으로만 들린다. 애연가는 발붙일 곳이 없다. 그렇게 사회의 통념이 변했다. 금연하기가 힘이 들어도 이제는 끊어야 할 때가 왔다. 금연을 한 사람은 독한 사람이고, 담배를 피우면 죽는다고 하는데도 계속하여 담배를 피우는 사람은 더 독한 사람이라고 한다. 연기 속의 낭만도 이제는 날개를 접어야 할 때가 왔나 보다.

금 연

니코틴을 들이키면
기관지의 까만 얼굴이 일그러지며
손사래를 친다

피우기를 중단하면
실핏줄이 모두 막혀
구름 위에서 들리는 저 북소리

살을 깎는 아픔이
하현달을 만들어
마음을 흐트러지게 하고

끝이 보이지 않는 터널의 저쪽
상현달을 쳐다보며
정상을 향해
구두끈을 조이는 오늘

난으쫓 봄이꽃으 공꾸물이 이르히응

알찬 여행은 어떻게 해야 하나

인생여정(人生旅程)

어머니 뱃속에서 태어나서 숨을 거둘 때까지, 우리는 인생여정에 따라서 길고도 긴 여행을 하는 것이다. 인생이란 가족과 주위 사람들과 희로애락을 함께 하면서 걷는 길이다. 독일 속담에 기쁨을 함께 나누면 두 배가 되고 슬픔은 반감이 된다고 했다. 성냄은 참으면 복으로 되돌아오고, 즐거움도 여유를 갖고 참맛을 즐겨야 제 맛이 난다.

문제는 어려움이다. 넘고 넘어도 파도같이 밀려오는 어려움이다. 문호 톨스토이는 인생은 고해(苦海)라고 단적으로 말하고 있다. 불가(佛家)에서도 속세를 고해라고 한다. 동양이나 서양이나 살며 겪는 어려움은 같다. 힘든 고갯길이 없는 삶이 있을까? 없다고 잘라서 말을 할 수가 있다. 넘기 힘든 어려움에는 세 가지가 있다.

첫째로 돈 때문에 겪는 경제적인 고통이다.

둘째로 몸이 아파서 겪는 병고이다.

셋째로 사랑 때문에 마음이 아파서 또는 남과의 갈등으로 잠 못 이루는 정신적인 고통이다.

세 가지 고통 중에 어느 것 하나도 쉽게 넘을 수 없는 게 인생의 고갯길이다. 직접 고통을 당해보지 못한 사람은 고통의 무게를 알 수가 없다. 때로는 고통과의 싸움에서 패배하여 목숨을 끊는 인생도 가끔은 보게 된다. 나이 어린 조카 단종을 내쫓고 왕권을 찬탈한 세조는 세상을 자기 손아귀에 집어넣었다. 그가 부스럼이란 하찮을 수 있는 병마와 싸우면서 일생을 살지 않았던가?

우리나라의 대표주자격인 S재벌의 며느리 재산분할 청구소송 금액이 서민이 보기에는 천문학적인 숫자가 신문에 보였다. 며칠이 지난 후 이혼으로 이어진 소식이 눈에 들어온다. 자식을 향한 부모 마음에 다름이 있겠는가? 또 하나의 고통이 부모에게 다가간다는 생각을 하기도 전에 속전속결로 모든 게 끝이 난 것이다. 이유가 어떻게 됐든 가치관이 많이 달라졌다. 부귀영화를 누리는 삶이라 할지라도 한두 가지 고통은 가슴에 품고 살아야 하는 게 우리의 삶이다. 인생여정의 구비마다 고통이 기다리고 있다. 그 고개를 넘을 때마다 마음을 비우는 연습을 하고 다음 세상을 꿈꾸게 된다.

유도라는 운동은 가장 더울 때 한 달간은 모서연습기간(冒暑練習期間)이고 가장 추울 때 한 달간은 모한연습기간(冒寒練習期間)이다. 비가 오듯이 얼굴에 흐르는 땀을 주체하지 못 할 때, 손으로 땀을 훔쳐낸다. 운동이 끝난 후에는 유도복에 밴 땀을 두 손으로 빨래를 쥐어짜듯이 비틀어 땀을 빼고 운동가방 속에 유도복을 집어넣는다. 수돗가에서 몸을 깨끗이 씻고 나면 몸이 새털같이 가볍다. 운동 가방을 들고 밖으로 나오면 대지의 바람이 얼굴을 스치고 지나갈 때, 느끼는 시원한 맛이란 어느 것과도 비교할 수가 없다. 고통 후에 맛보는 즐거움이다.

겨울이 추우면 추운만큼 따뜻한 봄이 우리를 기다린다. 우리네 인생살이를 한단지몽(邯鄲之夢)이라고 하고 일장춘몽(一場春夢)이라고도 한다. 일장춘몽이란 한 바탕의 봄바람처럼 헛된 영화도, 덧없는 일이란 뜻으로 인생의 허무함을 비유하는 말이다. 인생길이 아무리 헛되고 덧없는 일이라 할지라도 추구하는 바, 이루고자 하는 꿈이 없다면 어떻게 삭막한 인생여정을 따라가겠는가? 숨이 멎을 때까지 희망의 끈을 꼭 잡고 열심히 살아가는 게 행복한 삶이란 생각을 한다.

어떤 이는 인생을 삼등분하여 풀어 놓은 이도 있다. 30세까지는 부모덕에 태어나서 교육을 받고 결혼까지 하고, 30세부터 60세까지는 사회활동을 하며 가족을 부양하고, 60세부터 90세까지는 자기인생을 사는 것이라고 한다. 살아오면서 하고 싶어도 하지 못했던 일을 거침없이 할 수 있는 시기가 아닌가? 어쩌면 가장 좋은 시기를 맞은 것이다. 인생의 황금기이다. 추구하는 바와 몫에 따라서 값진 인생을 즐기며 살아야 한다는 생각을 한다.

준비된 여행

낯선 곳의 여행은 늘 가슴을 설레게 한다. 꼼꼼하게 준비된 여행은, 여행 후에 뒷맛이 개운하다. 여행을 떠나기 전에 생각해둬야 할 몇 가지를 정리해 본다.

첫째로 목적지의 설정이다.
가장 중요한 부분이다. 국내로 갈 것인가 아니면 해외로 갈 것인가, 아름다운 풍광을 보러갈 것 인가 아니면 역사의 현장을 찾아 갈 것 인가, 아니면 그 곳의 문화를 보러갈 것 인가, 추구하는 바가 같은 사람끼리 서로 상의를 해서 결정을 하면 좋다.

둘째로는 누구와 갈 것인가이다.
지나칠 수 없는 부분이다. 상대의 눈빛만 보아도 상대의 감정을 읽을 수 있는 사이, 상대가 돌출행동을 해도 '그래, 그렇지' 하면서 서로가 서로를 이해할 수 있는 친근한 사이, 목적지와 추구하는 바에 따라서 다를 수 있지만 가능하면 함께 즐길 수 있는 사람이면 좋다. 낮에는 볼거리를 찾아서, 밤에는 함께 술을 마시면서 담소를 나눈다든지, 즐거운 게임을 한다든지, 낮과 밤의 문화를 공유할 수 있는 사람이면 더욱 좋다는 생각을 한다.

셋째로는 여행은 목적지에 대하여 사전에 충분한 공부를 해야 한다.

여행을 가기 전에 목적지에 관계된 많은 책을 읽고. 목적지에 관련된 영화를 감상하고 때로는 그 곳을 다녀온 이를 통하여 이야기를 듣는다. 현장에 가서는 확인 절차를 밟고 느낀다. 여행은 그 곳에 대하여 알고 있는 만큼 느끼게 된다.

역마살이 낀 사람들이 여행을 많이 하지만 그들은 낯선 사람과 사물에 대하여도 호기심이 많은 사람들이다. 시도 때도 없이 여행을 하는 사람들을 보면, 위에서 열거한 세 가지를 꼼꼼하게 챙기는 사람들이고, 인생여정을 즐기듯이 여행의 참맛을 느끼는 사람들이다. 그들의 여행가방 속에는 사야 할 물건들의 목록과 사전 조사한 가격표까지 들어있다.

바람직하지 않은 여행

사전준비 없이 주위 분들과 분위기에 휩싸여 가는 여행을 가끔 보고는 한다. 준비 없이 간 여행일 경우 할 일이 없다. 할 일이 없으니 떼지어간 일행과 함께 낮이면 안내자를 따라다니면서 수박 겉핥기식의 여행을 한다. 현지 여행사는 그들의 수지를 맞추기 위해 시간이 있을 때마다 물건 파는 곳으로 안내를 한다.

일행들은 선물 챙기기에 정신이 없다. 분위기에 휩쓸리면 충동구매까지 서슴지 않는다. 볼썽사나운 싹쓸이 판이 벌어진다. 고급주택을 갖고 있는 사람이 집 없는 사람들의 틈에 끼어서 당첨을 기다리는 꼴을 밖에 나와서까지 보게 된다. 아무리 좋은 옷이라도 한 몸에 두 가지 옷을 걸칠 수가 없고, 좋은 음식이라도 하루에 세 끼 이상을 먹으면 배탈이 나는 것을 알만한 분들이 하는 행동이니 입맛이 씁쓸하고 부끄러움을 느낀다.

밤이면 술 마시고, 술에 거나하게 취하면 노래방에 가거나 사냥터로 간다. 검은 머리만 보이던 눈에 노랑머리가 보인다. 황색피부만 가까이 했는데 윤기가 나는 검은 피부가 눈앞에 싱싱하게 다가온다. 반은 발가벗은 가무잡잡한 아담사이즈가 눈길을 준다. 눈이 황홀할 수밖에 없다. 도덕군자가 아니고서는 그냥 지나치기가 힘든 골목이다. 대개의 경우, 동물의 본능인 영역표시를 한다. 그 땅에 태극기를 꽂고 왔다는 무용담을 술자리에서 재미있게 늘어놓는다. 일본인의 기생관광을 탓할 자격이 과연 우리에게 있는가를 되묻고 싶다.

지난밤을 설쳤으니 낮에는 관광버스 한 구석을 차지하고 쏟아지는 잠을 주체 못하고 계속하여 잠을 잔다. 그렇게 반복되는 일과를 며칠 동안 마치고 집으로 돌아온다. 이런 여행을 하신 분일수록 때와 장소를 가리지 못한다. 여수의 오동도엘 갔더니 동백꽃 망울이 어떻고, 브라질의 이구아수 폭포의 깊이가 어떻고로 시작을 하여 남이 듣거나 말거나 몇 년간을 되풀이하여 말을 한다. 본인이야 자랑을 하고 싶어서 하는 말이지만, 시간이 없거나 돈이 없어서 가보지 못한 사람의 속을 뒤집어 놓는다. 이런 사람일수록 주위 분들에게 한 잔의 술, 한 끼의 밥을 살 줄 모르는 사람이다. 나눔을 전혀 모르는 사람이니, 정다운 이웃이 있을 리가 없다. 기름 냄새가 풍기는 특별한 음식을 만들면, 울타리 너머로 이웃과 음식을 주고받던 풍습이 사라진 지 오래 됐다. 허름한 울타리 대신 높은 돌담이 쌓여져 있고, 돌담 위에는 가시철망 또는 깨진 유리병이 자리를 하고 있으니 세상이 많이도 변해가고 있다. 삶의 방법과 가치판단 기준이 다른 분들이니 탓하고 싶지는 않다.

정운찬 교수는, 책을 많이 읽고, 여행을 많이 하고, 사람을 많이 만나면 창의력이 키워진다고 했다. 맞는 말이다. 내가 사는 곳이 아닌 다른 곳에 사는 사람들의 문화를 접하면 우리는 많은 것을 배운다. 견문을 넓히면 보는 시야가 넓어진다. 시야가 넓어지면 세상사를 긍정적으로 보게 된다. 세상사를 긍정적으로 보게 된다는 것은 삶의 질이 풍요로워진다는 약속이다. 누군가 말을 했다. 한 권의 책만을 읽은 사람과의 토론이 제일 무섭다고 했다.

허상(虛像)

허상 따라 눈비 맞고
때로는 된서리까지 맞으며
지켜온 오늘

눈 감아도
쫓아오고
따라가야 하는 허상

허상의 물결 속에
춤추며
내일의 허상 쫓아

선녀가 하늘을 나는
야무진 꿈이 있어
수놓고 있는 따스한 햇살 무늬

섬진강 꽃길에는 전라도와
경상도 사투리가 어우러져

섬진강 따라 곱게 핀 매화를 보러가는 길은 몇 번을 가도 가슴
이 설레는 남쪽의 봄맞이 길이다. 의자에 앉아서 긴 여행을 할 경
우 옆자리에 누가 앉아 있냐는 누구와 여행을 하느냐의 첫 문을
통과하는 일이다. 마음대로 안 될 경우도 있지만 나는 주위를 의
식하지 않고 선택을 하는 편이다. 운이 좋게도 의도한대로 됐으니
이 또한 행운이 아니겠는가?

한산님을 선택한 이유의 첫 번째는 체격이 날씬하기 때문이다.
좁은 공간에서 체격이 큰 사람과 공간을 나누어 있으려면 운신의
폭이 좁아지고 더더욱 참기가 힘든 것은 상대가 들숨과 날숨을 쉴
때 이를 예민하게 느껴지기 때문이다. 상대가 여자일 경우에는 민
망한 일이 벌어지기도 한다. 본능적으로 침이 꼴깍하고 소리를 내
면서 목구멍으로 넘어 갈 때는 쥐구멍이라도 찾고 싶을 때가 있
다. 의자에 앉아서 긴 여행을 하다보면 가끔 토끼잠을 잘 때도 있
다. 잠결에 손이 상대의 중요한 부분이라도 스치게 되면 이 또한

난감한 일이 아닐 수 없다.

둘째로 그 분은 떠날 때와 머무를 때를 아시고, 늘 상대를 배려하시는 분이기 때문이다. '아름다운 60대'라는 인터넷 카페는 60대의 사람들이 모여서 삶의 이야기를 하고 함께 여행도 하고 때로는 문학도 논하면서 삶을 함께하는 좋은 사랑방이다. 한산이라는 닉네임을 가진 분이 처음 카페를 열었고 회원 수가 현재 만 오천 명에 이른다. 개설자인 한산 본인이 언제나 70살이 되는 해에 카페를 후계자에게 넘겨주겠다는 이야기를 했고, 결국 그의 나이 70살이 되는 해에 후계자를 물색하여 약속을 이행했다. 말 바꾸기를 밥 먹듯이 쉽게 하면서 살아가는 사람들을 보아오면서 살아왔지만, 자기가 한 말과 같이 행동을 하는 사람을 오랜만에 보았다. 참으로 훌륭한 분이다.

셋째로 친구 송병덕 학형을 사이에 두고, 친구 송군과 한산은 초등학교 동기동창이고 송군과 나와는 대학교 동기 동창관계이다. 친구의 친구는 친구이다. 우리는 결혼식장에서 뜻하지 않은 친구를 만나고는 한다. 혼주를 사이에 둔 친구의 친구임을 확인하는 순간이다. 한 다리를 걸치면 모두가 청와대에 연관이 되어 있다는 말이 있다. 세상이 넓다고 하지만 의외로 좁다는 사실을 알고 우리는 가끔 놀라기도 한다. 송군을 통하여 한산의 살아온 어제들을 알고 있듯이 그 분도 나에 대하여 잘 알고 있을 거다. 한마디로 남들이 할 수 없는 일을 실행하신 분이다.

여행의 달인
이병철 운전기사를 만나다

　모든 분야에는 프로와 아마가 있다. 한 분야에서 30년 이상를 일한 사람을 우리는 달인이라고 한다. 오랜만에 여행에 달인 이병철 운전기사를 만났다. 이 또한 우연히 만난 행운 중에 행운이다. 그는 전국에 있는 나무 한 그루 풀 한 포기에 얽힌 이야기들을 구수한 입담으로 풀어 놓을 줄 아는 유능한 여행 안내자임을 직감으로 알 수가 있다. 손님들의 무료함을 달래주기 위해 분위기에 맞는 노래를 선사한다. 때로는 한 손으로는 자동차의 핸들을 잡고 입으로는 진한 음담패설도 서슴지 않는다. 그러고는 손님들에게 양해를 구한다. 한마디로 말을 하면, 모신 손님들을 위하여 최선을 다하는 사람이다. 그래서 더 아름답게 보인다.

　차에 시동을 걸자마자 목적지로 향하는 길에 어느 곳을 경유해서 간다는 자세한 설명을 한다. 궁금증이 있을 때, 물 한 모금을 마시게 한다. 갈증이 해소된다. 전라북도 임실의 오수를 지나칠 리가 없다. 개보다도 못한 인간들이 득실거리는 세상이라는 말로 시작을 하여 충견과 주인 사이에 얽힌 이야기를 맛깔스럽게 들려준다.

오수(獒樹) 개 이야기

　고려시대에 전북 임실군 지사면 오수에 김개인이라는 노인이 살고 있었지요. 김 노인이 잔치 집에 갔다가 술이 너무 취해서 집으로 돌아오는 길에서 잠이 들었지요. 때맞춤 들에 불이 나서 김 노인의 생명이 위태롭게 되었지요. 이를 본 김 노인이 사랑하던 개가 개울가에서 제 몸에 물을 묻혀서 불길이 노인에게 가지 않도록 개의 몸을 굴려서 불을 끄려고 수없이 왔다 갔다 했지요. 노인이 술에서 깨어 보니 반복되는 일을 하던 개는 불길에 그을린 채 죽어 있었지요. 이 이야기는 '남원 가는 길' 이라는 제목으로 초등학교 교과서에 실려 있고, 문인 최자(崔滋)가 1230년에 쓴 『보한집(補閑集)』에 쓴 이야기입니다.

　780년 전 고려시대에는 먹을 것이 없는 가정에서는 부모가 70세가 넘으면 지게로 져다가 깊은 산 속에 산 채로 버렸는데, 이를 고려장이라고 했다. 시대상황은 칭기즈 칸 군대의 말발굽 소리가 한반도를 짓이기고 있을 때이다. 몽고군대의 행패는 미루어 생각을 할 수가 있다. 그들은 점령군이고 글을 모르는 유목민이다. 난세 중에 난세이다. 인간의 도리(道理)를 다하고 사는 사람이 몇이나 됐을까? 이곳저곳에서 사람답지 않게 사는 사람들을 보고 역겨워한 최자가 오수 개라는 이름을 빌려서 쓴 글은 아닐까 하는 생각을 하게 한다. 지금 우리가 살고 있는 세상에도 현대판 고려장이 있고, 결혼을 한 젊은이 네 쌍 중에 한 쌍이 이혼을 한다고 한다. 그뿐인가. 주위를 들러보면 개보다도 못한 행동을 하는 인간들이 하나둘인가? 생각하면 머리가 어지럽고 속이 메스꺼워진다. 개와 주인의 기념비 앞에서 버스 브레이크를 슬며시 밟는다. 증명사진을 찍을 시간과 버스 안에서 움츠렸던 다리를 쭉 펼 수 있는 시간을 준다.

화개장터에는 경상도와
전라도 사투리가 어우러져서

섬진강 특산물인 은어튀김 몇 점이 없어서 아쉽기는 하지만, 파를 송송 썰어서 띄운 제첩국 한 그릇에 밥 한 공기가 모자라서, 옆에 남아 있던 공기까지 게눈 감추듯이 비웠다. 구수한 경상도와 전라도 사투리가 어우러지는 화개장터, 눈 속에서 자란 복수초가 눈을 맞춘다. 천리향, 홍매화의 어린묘목을 뒤적이면서 한 그루라도 더 팔고 싶어 하는 노파들의 입에서 나오는 전라도와 경상도 원색 사투리를 흥미있게 듣는다. 그 들은 서로서로 잘 어울리면서 오순도순 정다운 이웃으로 살고 있다.

아직은 찬바람이 옷깃을 파고드는 이른 봄이다. 봄볕에 검게 그을린 채, 밭일을 하다가도 방학을 맞이하거나 돈이 필요해서 갑자기 나타난 아들을 보고는 반가워서 특유의 웃음을 지으시던 돌아가신 어머니가 다가온다. 갑자기 울컥 목젖이 가라앉는다. 어머니란 이름은 인생의 후반에 접어든 이 아들의 가슴 깊은 곳에 자리를 잡고 있다. 어머니에게서 받은 사랑이 너무도 커서인가 보다. 그들은 쪼그리고 앉아서 따뜻한 국밥 한 그릇으로 점심을 때우는 모습이 눈에 여과 없이 들어온다. 대야에 물을 받아 몸을 깨끗이 씻고는 예쁜 한복으로 갈아입고 삼십 리 길에 있는 오성산 암자를 찾아가셨던 어머니는 부처님 앞에서 무슨 기도를 했을까? 입시철이 오거나 자식이 건강치 못하면 불교신자는 불상 앞에서, 기독교인은 십자가 앞에서 숨죽이고 기도를 반복한다. 어머니들에게는 꿈이 있다. 그들의 꿈은 무엇일까? 각자가 생각하는 바에 따라서 꿈은 다르다.

섬진강을 사이에 두고 전라도와 경상도를 있는 다리를 놓고서 다리이름 때문에 실랑이를 벌린 사실이 있었음을 안내해 준다. 하동군과 구례군 그리고 광양시의 나름대로 주장하는 바가 달라서 다툼이 절정에 이르렀을 때, 한 공무원의 기지로 남해대교라고 이름을 지었다는 안내자의 설명이다. 공감이 가는 설명이다. 지역이기주의가 팽배하고 때로는 떼까지 쓰는 세상이니 그 곳이라고 조용하겠는가? 공무원의 기지와 같이 모두가 이기는 지혜가 우리에게는 있다. 자기주장만을 하지 말고 상대 입장에 서서 한 번 생각을 하고 지혜를 짜는 우리였으면 하는 바람을 가져 본다.

버스는 섬진강을 따라서 반대방향으로, 지리산 자락을 스치며 시원하게 달린다. 6·25 전쟁 중에 낮에는 국군과 경찰이, 밤에는 공비가 마을을 번갈아 가면서 점령했다고 했다. 생사의 기로에 서 있던 주민들이 받은 고통이야 무엇으로 말을 다 하겠는가? 현장에서 고통을 받은 사람 외는 아무도 그 고통의 감도를 알 수 없겠지 하면서 혼자서 중얼거려 본다. 역사의 현장에는 그 때 그 당시의 사람들의 대부분은 저세상으로 말없이 떠났을 거다. 울긋불긋 정겨운 집들이 지리산 자락을 따라서, 전쟁의 상처를 잊은 채 아름답게 펼쳐진다. 차창에는 입김이 서리고 밤이 서서이 다가온다.

황산벌에는 계백장군의 묘가

동백꽃을 보면 여수 오동도에 얽힌 이야기까지 들려주는 이병철 기사가 황산벌을 그냥 지나칠 리가 없다. 여기는 황산벌이고 저 멀리 보이는 게 계백장군의 묘입니다. 계백장군과 관창에 얽힌 야사(野史)를 이야기해도 될까요? 라고 승객들의 동의를 구한다. 계백과 관창에 대한 이야기는 귀가 닳도록 들었던 식상한 이야기일 수도 있다. 야사라는 말에 승객 모두 "네." 라는 말로 동의를 한다. 한 손엔 버스의 운전대를 잡고 입에서는 술술 이야기꽃이 핀다.

백제의 계백장군과 신라의 화랑 관창이 황산벌 싸움에서 있었던 야사입니다. 의자왕의 명을 받고 전투에 임하는 계백은 전쟁에 승산이 없음을 알았습니다. 내 가솔이 적의 노예로 치욕적인 삶을 살게 하느니 차라리 내 손으로 죽이는 게 옳다는 판단을 하고 처자식을 모두 죽이고 전투에 나갑니다. 신라군은 50,000명이었고 백제군은 5,000명이었습니다. 수적으로 밀린 것뿐이 아니고 장비면에서도 백제군은 곡괭이 낫과 같은 농기구를 들고 전투에 임하는 농민군이었지만, 신라군은 활로 무장을 하고 훈련을 받은 정예 화랑출신이었지요. 죽기를 각오한 계백장군의 군사는 세 번의 전투에서 신라군을 물리칩니다. 신라는 난감한 입장에 처하게 되지요.

그때 신라 병영에 한 여인이 서성거리고 있었지요. 백제의 첩자임을 알고 문초를 했으나 그 여인은 배가 고파서 그러니 먹을 것을 좀 달라고 애원을 했지요. 행색으로 보아 그렇게 믿고 후한 대접을 하고 병영에 머물게 했지요. 16살의 젊은 관창은 그 여인과 사랑에 빠지게 됩니다. 연전연패한 신라 장수 김품일은 그의 아들 관창을 적진으로 보냅니다. 용맹하기만 했던 관창은 포로가 되어 계백장군 앞에 끌려갑니다. 관창의 투구를 벗겨본 계백은 어린 소년임을 확인하고 깜짝 놀랍니다. 죽인 아들 생각이 나서 관창을 살려 보냅니다.

살아 돌아온 관창은 그 사실을 사랑하는 여인에게 자초지종을 말합니다. 이야기를 다 듣고 난 백제의 여인은 목에 있던 목걸이를 풀어서 관창의 목에 매어줍니다. 위급한 상황이 오면 목걸이를 적장에게 보여주라는 말을 합니다. 두 번째 무모한 공격으로 관창은 계백 앞에 포로로 다시 나타납니다. 이제는 할 수가 없다는 결연한 자세로 관창의 목을 칩니다. 아뿔싸! 계백의 눈에 관창의 목걸이가 들어옵니다. 그 목걸이는 계백과 의자왕과 백제군부의 몇 사람만이 알고 있는 백제첩자임을 증명하는 증명서였으니까요. 요사이 같으면 암호 같은 것이었지요. 말 안장에 매달려온 관창의 시체를 보고 신라군의 분노는 하늘을 찌를 듯 했지요. 네 번째의 전투에서 백제군은 신라군에게 패망을 하고 700년 역사의 장을 내리게 됩니다.

이병철 운전기사는 30여 년간 가이드와 운전을 했고, 우리나라의 자연유산과 문화유산에 대하여 많은 공부를 했다고 한다. 그의 구수한 이야기를 듣다보니 지루하지 않게 귀향길의 끝이 보인다. 섬진강 홍쌍리 매화 마을, 바람에 매화 꽃잎 날리듯이, 낙화암에서 백마강물가를 향해 흩날리는 삼천궁녀의 치마폭이 슬프게 연상된다.

시골 장터

목이 버티기엔
버거운 짐
머리에 이고

자박자박 발자국 소리
장마당 찾아
새벽을 가른다

푸성귀 몇 단으로
전을 열어놓고
땡볕에 까맣게 그을린 얼굴, 얼굴들

목구멍으로 감겨 넘어가는
몇 가닥의 장터국수
허기를 달랜다.

땅거미 동우삼아 집으로 가는 길
빈 광주리엔 지친 아기 울음소리
노을 따라 함께 걷는다.

탱탱하게 불은 야자열매 두 개
발자국 옮길 때마다
가슴에서 출렁이는 사랑의 춤

다시 찾아가본 논산훈련소

　논산훈련소는 뭇 남성들에게 젊음의 애환이 얽힌 곳이다. 1961년 봄, 그 때는 자유당 정권이 학생들의 힘에 의해 무너지고 민주당 정권이 들어선지 얼마 지나지 않은 시기이고, 박정희 장군을 중심으로 1961년 5월 16일에는 군사혁명이 일어나기도 한 급변의 시기였다. 학생과 교사들에게 병역복무기간 단축을 하겠다는 민주당 정부의 발표가 있은 직후, 전국의 학생과 교사들은 구름 같이 논산훈련소로 향했다. 특혜를 받기위해 자원입대를 한 것이다. 수용연대에서는 앞을 봐도 옆을 봐도 아는 얼굴들이 서로서로 손짓으로 인사를 하고는 했다. 마치 캠퍼스를 그 곳으로 옮긴 것 같았다.

　바람만 불어도 몸이 흔들리는 우리들 몇몇이 모여서 '입시랜티 체이홉 카시코시 코시코 칼마시 케시코시 고려대학!' 라고 교호를 외치니 수백 명이 구름같이 모여들었다. 앞에서 연설을 하는 이도 없이 계속하여 교호를 외치니 모여드는 숫자는 늘고, 이어지는 모교 교가의 함성은 수용연대를 뒤흔들었다. 이를 본 연세대에 적(籍)을 두었던 학생들이 시간이 조금 흐른 후 맞은편에 모여서 그들의 교호인 '아카라카칭 아카라카쵸 아카라카칭칭 쵸쵸쵸 라라라 씨스콤바 라라라라 연세선수 나간다 헤이 연세 야!' 라고 외치니 고려대에 버금가는 숫자의 학생들이 모여든다. 이를 지켜본 서울대에 적을 둔 친구들이 몇 명 모여서 서울대 모여라! 반복해서 외쳐도 수십 명 만이 모이니 할 수 없이 뿔뿔이 헤어지는 모습을 멀리서 바라볼 수 있었다.

학생 숫자 면에서는 서울대가 양교에 비교를 할 수 없을 정도로 많은데도 응집력에 있어서는 어쩔 수가 없는가 보다. 한국 스포츠의 쌍벽을 이룬 양교가 고연전을 통해서 얻은 결과물이기도 하고, 이는 사회생활에 있어서도 많은 영향력을 준다. 선후배간의 돈독한 정은 물론 상대학교의 졸업생 사이에도 눈에 보이지 않는 흐름이 있다. 필자도 직장생활이나 사회생활을 하면서 만났던 연세대 출신 친구들에게는 남다른 친근감을 느끼면서 살아왔다. 영원한 맞수이면서 영원한 친구가 그들이다. 고등학교를 졸업하고 대학에 가면 학교마다의 교풍이 인격형성에 많은 영향력을 미친다. 어느 용광로에 쇳물을 붓느냐에 따라서 다른 형체의 물건들이 만들어지듯이 말이다. 당시의 인기작가 정비석은 소설에서 50원이 생기면 서울대생은 책을 사고 고대생은 막걸리를 마시고 연대생은 구두를 닦는 다는 글을 써서 많은 논란의 중심에 있기도 했다. 고대와 연대는 설립자가 한 곳은 토종 한국인, 이용익이고 다른 곳은 미국인, 언더우드이다. 교육이라는 목적은 같지만 설립배경은 다르다. 고연전에서 연세대는 서양악기인 밴드가 필수라면 고대는 우리의 농악이 필수가 아니던가?

한국의 젊은이들이 추구하는 바는 모두가 같겠지만 남달리 민족애가 강하고 선후배간에 끈끈한 정이 흐르는 곳이 고려대학교가 아닌가? 고려대학교는 교가에 있듯이 자유, 정의, 진리의 전당이다. 지성과 야성을 겸비한 호랑이 새끼를 기르는 곳이다. 설립자의 설립 배경에 어긋남이 없이 수많은 인재를 길러내어 조국 근대화에 이바지했음은 누구도 부인하지 못한다. 오죽하면 세간에서는 못 말리는 3대 조직이 있다고 했으니 첫째가 고대교우회요, 둘째가 해병대전우회고 셋째가 호남향우회라고 한다. 이들의 조직은 한반도뿐 아니라 한국인이 있는 세계 각국에는 어김없이 그들의 조직이 있고, 그들끼리 등을 비비고 정을 나누면서 무리를 지어 살아가고 있다. 때로는 조직에 속하지 않는 분들의 부러움도 사고, 질투의 대상이 되기도 한다. 옛 어른들이 '말이 새끼를 낳으면 제주도로 보내고 사람은 서울로 보내!' 라고 했다.

"전국의 부모님들이시여! 자손은 고려대학교에 보내주시고, 오는 세상에는 군대를 갔다 오지 않으면 출세를 못합니다. 군대는 이왕이면 힘들다는 해병대를 보내십시오. 긍지를 갖고 한 세상을 잘 살아갈 겁니다." 라는 말을 감히 한다.

정훈장교가 이곳은 면회소였고, 저곳은 23연대가 있던 자리라고 설명을 하는데 아무것도 기억이 나지를 않는다. 치매가 와서 기억을 못하는 것은 아니다. 콘세트(Concert) 막사가 즐비하게 있고 나무 한 그루 없었던 그곳에는 숲이 우거져 있고 현대식 건물로 대치가 되었으니 알 수가 없을 수밖에 없다. 머릿속에는 49년 전의 막사와 면회소 등을 또렷하게 기억하고 있지만 모든 것이 변해 있어서 옛날의 위치를 찾을 수가 없다. 반세기에 가까운 세월이 흘러갔으니 인걸은 간 데가 없고 강산이 변해도 너무 많이 변했다는 생각이 든다.

훈련소와 민가의 경계는 철조망이 전부였고 철조망 가에는 이동주보라는 것이 있었다. 훈련이 끝난 훈련병들이 우르르 몰려가서 철조망 너머 이동주보로부터 물건을 사는 훈련병, 화장실이 따로 없으니 사람이 있거나 말거나 거시기를 꺼내고 일을 보는 훈련병. 훈련병 좆은 좆도 아니라는 말이 있었다. 경계선인 철조망 가에는 필요한 물건을 구매하는 곳이고 화장실 역할을 했다. 또한 삶의 현장이기도 했다. 째지게 가난했던 그 때, 먹고 살기위해 좌판을 목에 걸고 물건을 팔던 그 분들의 상당수는 지금 쯤 하늘에 별이 되었을 것이다. 살아 있는 분들은 파파 할머니가 돼서, 말하고 싶지 않은 어제를 되씹고 계실지도 모를 일이다.

동 내의에는 이가 득실거렸다. 그러나 피부가 가려운 것을 모르고 지냈다. 하루 종일 훈련을 받고 나서 저녁 점호를 받고, 취침이라는 명령이 떨어지면 세상사를 모두 잊은 채 깊은 잠에 빠져들었으니까, 이가 피를 빨아 먹는지 마는지를 알 수가 없었다. 젊은 시절에는 왜 그렇게 잠도 많았는지? 주말에는 살충제인 DDT를 옷속에 뿌려주는 게 귀찮게만 느껴지던 시절이었다. 친구들이 많이 있으니 즐겁기만 했다. 주말이면 부모님들이 먼 길을 마다하지 않으시고 덜렁거리는 버스나 잡상인들 때문에 옴짝달싹 할 수 없는 완행열차의 삼등칸에 앉아서 고생스럽게 논산훈련소를 찾으셨다. 준비해온 음식과 아들에게 줄 용돈을 가지고 면회소에서 초초한 마음으로 기다린다. 부모님들은 고생하는 아들이 보고파서 먼 길을 오지만 철부지들은 음식 먹기에 시간 가는 줄도 몰랐다. 그뿐인가? 용돈을 받으면 주보에 가서 먹고 싶은 음식을 사 먹을 수 있으니 더욱 신이 나지 않았던가? 지금 할아버지가 된 입장에서 지난날을 되돌아보면 준비해온 음식을 신나게 먹어치우는 우리들을 사랑이 그윽한 눈으로 바라보던 저 세상 사람이 된 어머니들이 그립다.

"지금은 앉아! 일어서!를 반복해서 애들을 괴롭히던 훈련 방법은 지나갔습니다. 그렇게 하면 애들이 지휘관을 오히려 이상한 눈초리로 봅니다. 연평해전에서 보셨지요? 우리 애들이 믿음직하지요!"

정훈장교의 긴 설명이다.

머리를 마루에 닿게 하고 거꾸로 서는 원상폭격, 마루 밑을 드나드는 쥐잡기 같은 체벌이 모두 없어졌다는 말이다. 훤칠한 키에 안경을 낀 훈련병이 대다수로 보인다. 시력을 교정했다는 말이다. 표정은 없지만 이지적으로 보였다. 내무반을 들여다보았다. 왼쪽에 7명, 오른쪽에 7명, 이렇게 한 내무반에 14명이다. 샤워시설, 비데가 있는 변기, 부족함 없이 지급되는 고급 보급품, 모두가 격세지감을 느끼게 한다. 49년 전 그 때도 군대의 급식이 집보다 좋다는 훈련병이 90퍼센트 이상이라고 했다. 가난했던 그 시절이 모습들이 필름처럼 뇌리를 스친다. 현재의 훈련병들의 만족도는 얼마일까 궁금해진다.

  수용연대에서 본대로 입소를 하면 주사를 맞는다고 했다. 첫째는 병의 예방차원에서 예방주사를 놓고, 둘째로는 정력억제차원의 주사를 놓는다고 했다. 두 번째 설명이 끝나자 일행들은 모두가 까르르 웃는다. 여자들은 어렴풋이 의미를 안다는 듯이 웃고, 할아버지들은 아! 옛날이여를 연창하는 듯 했다. 옛날에는 화랑담배 7개비를 배급으로 주었다. 담배 한 갑에 몇 개비는 정력을 억제시키는 역할을 한다는 말을 듣기는 들었지만, 그 당시 어느 것이 억제력을 발휘하는지는 몰랐다. 담배개비를 거꾸로 세운 두 놈이라 했던가?

  지금은 훈련소 전체는 금연구역이다. 훈련소 소장부터 훈련병까지 모두 담배를 피울 수가 없으니 골초 병사들은 어떻게 할까 궁금해진다. 필자는 군대에서 담배를 배웠다. 담배를 피우는 모습이 멋이 있어 보였다. 첫 휴가 때 여자 친구 앞에서 자연(紫煙)의

향기를 품어대는 상상을 하면서, 담배 한 모금을 가슴 속 깊은 곳까지 들이마시면 어지러웠다. 이때는 어지럼증을 달래기 위해 옆구리에 찬 수통에 물을 마셔가면서 배운 담배다. 그 때 배운 담배가 찰거머리 같이 지금까지도 그림자가 되어 따라다닌다. 앳되고 귀여웠던 그 여자 친구는 지구촌 어느 곳에서 숨을 쉬고 있을까? 현재의 집사람과 한 가정을 이루고 생산한 자녀들도 둥지를 떠나 저희들 나름대로 다른 가정을 이루어 살고 있고, 생사고락을 같이 한 사랑스런 아내가 옆에서 지켜보고 있는데도 비 오는 날 젖은 낙엽이 신발창에 달라붙어서 떨어지지 않듯이 지금도 옛날 여자 친구는 내 상념의 세계에서 맴돈다. 사랑하는 아내가 있고, 꿈으로 그릴 수 있는 옛 친구가 있어도, 마음에 꼭 드는 예쁜 여인이 나타나면 또 사귀고 싶은 충동이 인다. 그대가 옆에 있어도 외로움을 탄다. 이것이 수컷들의 생리인가? 아니, 여자들도 그런가? 참으로 요상한 일이다. 한가할 때는 가끔 그 소녀를 생각해내곤 한다. 이렇게 인생의 종착역에 다다른 나이인데도 말이다. 눈에 흙이 들어가는 날에는 잊히겠지. 여자는 현재 행복하면 과거를 까맣게 잊고 살지만 남자는 잊지 못한다는 말이 맞는 말인지도 모르겠다. 결혼까지도 생각을 했던 친구가 다른 사람과 결혼을 해서 행복하게 살면 배가 아프고, 불행하게 살면 안쓰럽고, 다시 만나 옛날에 못 이룬 꿈을 이루자는 제의를 받으면 겁이 난다고 했다. 병사 중에서 여군이 보이고 훈련병 중에서도 여자훈련병이 눈에 뜨인다. 세상이 변해도 많이도 변했다.

대열을 맞추고 서 있는 훈련병의 어깨를 툭 치며 "입소한지 얼마나 됐지?"라고 반말로 질문을 던져 보았다. 갑자기 부동자세를 취하더니 큰 소리로 "삼 주째 입니다!"라고 대답을 한다. 안경테 속에 눈이 번쩍이는 것을 보니 군인정신이 들어 있었다. 교육이라는 게 무섭기는 무서운가 보다. 사내 녀석들은 군인이라는 과정을 거쳐야 한다. 전철에서 어른이 훈련병에 한 것과 똑같은 말과 행동을 어느 젊은이에게 했다면 과연 어떤 반응이 나왔을까를 혼자서 생각해 보았다.

　"식사에 대한 감사의 기도!"
　한 훈련병이 선창을 하니 모든 병사들이 이구동성 외친다.
　"이 식사는 우리 부모님의 피땀 어린 세금으로 마련된 것이므로 맛있게 먹겠습니다!"
　모두가 구호를 외치고는 식사를 시작한다. 우리가 낸 세금의 일부가 이렇게 유용하게 쓰이고 있구나 하는 생각을 했다. 우리는 어릴 때 온 가족이 밥상에 둘러앉고 가장(家長)이 수저를 들고 식사를 시작하면 아래 사람들은 어른을 따라 식사를 시작했다. 감사 기도를 올리고 식사를 시작하는 훈련병들이 대견해 보였다.

　논산훈련소는 전쟁 중이던 1951년 11월에 개소를 한 지 근 58년이란 세월이 흘렀다. 60만 평 대지 위에 선진국에 못지않은 최고의 시설에서 최고의 병사를 양성하는 곳이다. 자식을 군대에 보낸 부모들은 걱정할 필요가 없다는 생각을 했다. 군대생활을 마치고 돌아온 자식은 정신적으로 급성장한 성인으로 돌아올 테니까 말이다. 국가와 국가 구성원인 국민 간에는 권리와 의무가 있다. 국민의 4대 의무 중에 하나가 병역의무다. 국민 각자가 의무를 다해야 국가가 존립을 할 수 있다. 의무를 다하지 않은 이는, 국민으로서 자격을 상실한다. 자격을 상실한 이들이 국민이기를 바라기에 세상은 늘 시끄럽다. 지상을 떠들썩하게 하는 운동선수, 연예인 그리고 정당성이 없이 병역을 기피한 정치인. 돈 없고 권력이 없는 이들이 가는 곳이 군대는 아니다. 병역의 의무를 다하지 않은 이들에 대하여서는 국민과 모든 언론이 총동원하여 설 땅을 주지 말아야 한다.

6·25 한국전쟁의 전사를 들여다보자!

남한의 후견인 격인 미국과 북한의 후견인이었던 중국의 지도자들이 남의 나라 전쟁에 어떻게 임했는가를 보면 참으로 부끄러워진다. 또한 왜 그들이 세계의 최강국으로 군림함을 알 수가 있다. 중국의 당시 최고 지도자 모택동도, 당시 미국의 대통령이었던 아이젠하워도 그들의 아들을 한국전쟁에 참전시켰다. 모택동은 하나 밖에 없는 똑똑한 아들 모안영을 북한의 청천강 전투에서 잃었다. 모택동 참모들은 참전을 만류했다고 했다. 그러나 그는 아래와 같은 말을 했다고 한다.

"내 아들이 한국의 전쟁터에 가지 않으면 아마도 인민들은 누구도 거기에 가려고 하지 않을 것이다."

최고 통치자로서 고뇌에 찬 결정이지 않았을까? 보내지 않아도 될 입장이면서도 보낼 수 있는 용기가 있었기에 모든 중국국민들은 그를 따랐을 것이다. 모택동보다도 더 많은 군수물자가 있고, 암암리에 미국의 지원까지 받은 장개석이 모택동에게 패한 이유를 쉽게 알 수가 있다. 지도자의 화려한 웅변보다는 솔선수범하는 행동이 따르지 않으면 국민은 외면을 한다. 일시적으로 지도자의 세치도 못 되는 혀로 뱉어내는 화려한 말에 속아서 국민이 우롱당한다 해도, 후대의 역사가들이 지켜보고 있다는 것을 지도자들은 알아야 한다.

한국전쟁에 참여한 아이젠하워 대통령의 아들 존 아이젠하워 소령, 8군 사령관 이었던 벤프리드 장군의 아들 짐 벤프리드 중위의 전사, 중공군의 인해전술에 말려들어 고전을 할 때 전세를 역전시킬 계기를 만들어 낸, 아들 샘 워커 대위의 은성무공훈장을 직접 가슴에 달아주려고 가다가 숨진 8군 사령관 워커 장군, 6·25 개전 초기 미 24보병사단을 이끌고 온 최초의 장군이고, 대전전투에서 북한군의 포로가 돼서 3년간 북한에서 옥살이를 한 딘 소장. 그는 후일 『I was captured in korean war』라는 책을 펴냈다. 우리들 기억에 생생하게 떠오르는 사람들은 이루 헤아릴 수가 없다. 당시 미국장성들의 아들이 한국전쟁에 참여한 숫자는 142명이고 그중에서 전사자가 35명이라고 했다. 장성급이 그러 했다면 대령급과 우리나라 계급에 상, 중사 급에 속하는 그들의 싸진(Sergeant)급에서는 얼마나 많은 아들들이 참여를 했고 전사를 했을까? 훌륭한 지도자였고 용감한 아들들이었다.

병역의무를 지지 않으려고 미꾸라지 같이 요리조리 빠져나가다가도 입신출세하려는 기회주의자들은 이 땅에 발붙일 곳을 만들어 주면 안 된다. 자기 자식들은 미국으로 유학을 보내고 그곳에서 호화로운 생활을 시키면서 미 제국주의니, 패권국가니, 팽창주의자니 하며 미국을 맹비난하는 사람들을 보면 화가 치밀어 오른다. 국제정치의 역학 관계에 초보단계도 모르면서 떠들어 대는 사람들이다. 오늘 우리가 경제대국이 되고 스포츠 강국이 된 과정을 읽어 보라! 얼마나 무식하고 배은망덕한 일인가? 남에게서 받은 은혜를 모른다면 만물의 영장이라는 인간이 개나 돼지와 다름이 무엇인가? 일제식민지로부터 외세에 의해 해방이 되고 힘없는 우리들은 강대국들의 잣대에 의해 한반도는 남북으로 분단됐다. 6·25라는 격변기를 거치면서 미국이라는 나라가 없었으면 우리의 현재는 어떻게 됐을까? 그들의 그늘이 없었으면 백일하에서 반미를 부르짖을 수 있는 세상이 왔을까? 또 그간 진정으로 국가와 민족을 위해 헌신한 분들이 없었어도 다른 나라가 부러워하는 현재 우리의 풍요로운 세상을 만들 수 있었을까? 자유민주주의 하에 시장경제체제가 존속할 수 있었음은 미국이 후견인으로 있었기에 가능했던 일이다. 오늘이 있기까지의 현실을 객관적으로 조명을 해본 거다. 감사함을 잊지 않고 급변하는 국제정치의 소용돌이 속에서 우리가 살 길을 모색해야 한다는 말이다. 이해관계가 없이 무조건 우리를 도와줄 나라는 없다. 좋은 나라일수록 국가의 존립을 위해서는 정치가나 국민들이 자기나라의 이익에 반하는 행동을 하지 않는다. 우리나라 최초로 시작한 경부고속도로 건설,

새만금 사업과, 부산 천성산 터널 그리고 영종도국제공항 등등 이루 헤아릴 수 없는 국책사업 수행에 발목을 잡은 이들이 누구인가? 나무를 보지 않고 숲을 볼 줄 아는, 지혜 있는 이들이 많았으면 좋겠다. 반대를 위한 반대에는 신물이 난다. 이제, 정치가는 당리당략에 의해 행동하기 보다는 국익을 위해 일할 수 있는, 소신이 있는 지도자가 많아서 정의롭고 세계에서 가장 잘 살고, 으뜸 가는 우리가 됐으면 한다.

눈꽃송이

살을 에는 칼바람과 휘몰아치는
눈보라 속에만 생명선이 이어지는
눈꽃송이의 숙명

활짝 핀 목화송이보다
희디 흰
하늘을 향한 몸부림

가슴을 드러낸 벚꽃이 봄의 전령이라면
벌 나비 없는 눈꽃송이는
추운 겨울의 화신일세 그려

따스한 겨울 햇볕에 힘없이 녹아 내려
이루지 못한
젊음의 풋풋한 사랑

마음에 담아 두었던
첫 사랑의 흔적
하얗게 색깔이 변한 채

수북하게 쌓인 빈 장독대

여행방에서 강릉 경포대를
찾아간다기에

일정: 강릉 벚꽃축제–경포호수–해안선을 따라가는 바다열차–
정동진 모래시계공원–동해시 추암촛대바위

일정을 면밀히 살펴보았다. 관동팔경의 하나인 경포대가 포함
되어 있다. 추암촛대바위는 가 볼 기회가 없었다. 입맛이 당기는
일정이다. 아쉬움이 있다면 신사임당과 퇴계의 혼이 서려있는 오
죽헌이 보이질 않는다. 바쁜 일정 때문일 것이라는 생각을 했다.

관동팔경이라 함은 동해안을 따라서 산수가 수려한 여덟 곳을
말함이다. 얼마나 많은 시인 묵객들이 아름다움에 취하여 시서화
(詩書畵)를 통해 팔경의 아름다움을 노래했던가? 경포대는 경포호
수 북쪽에 자리 잡은 누각이다. 고려 충숙왕 13년(1326) 인월사 터
에 처음 지었던 것을 조선조 중종 3년(1508)에 지금 있는 자리로
옮겼다고 한다.

경포대의 달은 다섯 가지 아름다움이 있다고 했다. 첫째로 하늘에 둥글게 떠있는 달. 둘째로 경포호수의 이는 바람에 흔들리는 달. 셋째로 경포 짙푸른 바다 위에 떠 있는 달. 넷째로 찰랑이는 술잔 위에 떠 있는 달. 다섯째로 사랑하는 이의 눈동자에 떠 있는 달이라고 했다.

누락 위에 주안상이 차려 있겠다, 거나하게 취한 남정네가 마주한 여인을 바라다본다. 여인의 미소 지은 얼굴에 푸른 달빛이 부서진다. 여인의 눈동자에 뜬 달이란 말은 사랑의 극치를 말함이 아닐까? 남정네가 사랑스런 여인의 어깨가 으스러지도록 껴안아 주고 싶었을 게다. 씹어도 비린내가 나지 않는 물기어린 잘 익은 생선으로 보였을 게다. 풀기가 빳빳한 도포를 입은 중년의 선비와 나이어린 기생이 사랑에 빠진 표정이 눈에 어린다.

경포호숫가를 따라서 벚꽃이 꽃망울을 터트리고 있다. 활짝 핀 벚꽃은 가슴을 드러내놓고 유쾌하게 웃고 있는 여인과 같아서 좋다. 이는 바람에도 꽃비가 되어 흩날리는 꽃잎은 황혼인생의 아름다움이 배어 있어서 좋다. 이곳 벚꽃에는 벌이 꽃술에 앉아서 꿀의 단맛을 즐길 만큼 적당히 벌어져 있다. 농익은 여인의 가슴처럼 활기가 넘친다. 이곳에도 머지않아 벚꽃이 활짝 피고 꽃잎이 바람에 흩날리겠지. 그리고 내년 봄을 기다리겠지.

호숫가를 거닐다가 소나무 숲을 지나면 경포 해수욕장 모래밭이 펼쳐진다. 짙푸른 동해바다 파도의 포말이 바닷가에서 하얗게 부서진다. 젊은 연인들의 함성이 터진다. 봄 바다의 싱그러움을 가슴속 깊게 들이 마신다. 잘 정비된 바다 가의 산책로를 따라서 갖가지 상념에 젖어 보았다. 그때 그 젊은이들은 어디에서 어떻게 늙어가고 있을까? 한 번쯤은 보고 싶은 얼굴들이 머리를 스치고 지나간다.

정동진은 덕수궁을 기점으로 할 때 정동 쪽이고 추암촛대바위는 남한산성을 기점으로 할 때 정동 쪽이다. 애국가를 부를 때는 화상과 함께 노래가 울려 퍼진다. 첫 번째 추암촛대바위가 넘실거리는 바다와 함께 우리에게 다가온다. 바닷가에는 기암절벽이 수없이 많다. 동물의 형상 그리고 촛대바위의 형상이 얼마나 많은가? 추암촛대바위의 형상은 특이하다. 훤칠하게 키가 크고 몸매가 가냘픈 여인과도 같다. 바위 정상 가까운 곳에 사람의 눈과 같이 자리를 잡은 두 그루의 자생한 나무가 다가온다. 끈질기게 역사를 이어온 한반도를 연상하게 한다.

한반도

흰 머리카락 같이
소나무 사이 잔설은
희끗희끗 보이는데

남풍에 쫓겨
부풀은 꽃망울 터질듯
전하는 봄소식

짓밟힌 36년
잘려진 허리
통증이 아리다

북한의 은하 2호 로켓 발사
되살아난 전쟁공포
언제 오려나, 이 땅의 봄은

춘래불사춘(春來不似春) 이구려

곤드레만드레 취하고 싶어서

　곤드레는 고려엉겅퀴의 별명이며, 강원도 지방에서는 일반적으로 곤드레로 불리고 있다. 학명은 Cirsium Setidens Nakai이다. 곤드레만드레라는 말의 뜻은 술이나 잠에 몹시 취하여 정신을 차리지 못하고 몸을 가누지 못하는 모양을 말한다. 곤드레에는 단백질, 칼슘, 비타민A 등의 영양이 풍부하다. 또한 잎을 좋아하는 노루, 뿌리를 좋아하는 산돼지, 그리고 잎과 뿌리를 식량의 일부로 먹고 있는 사람이 즐겨 먹는다. 그래서 노루, 산돼지, 사람이 곤드레를 놓고 삼파전이 벌어진다.

　곤드레는 깊은 산속에서 자연스럽게 자생하는 엉겅퀴의 모습에서 술에 취한 모양을 연상하게 한다. 만드레라는 말은 만드레 민속놀이에서 부자집 주인이 머슴들에게 고기와 술을 제공하고 하루 종일 놀게 하면 머슴들은 즐겁게 놀게 되고 주인은 머슴들이 기분 좋게 취한 모습을 볼 수가 있다. 남미의 브라질은 세계에서 으뜸가는 커피의 산지다. 커피농사를 짓기 위해 많은 사람들을 아프리카에서 데려왔다. 커피농사를 짓느라고 일 년 동안 수고를 한 아프리카인들에게 잔치를 해 준다. 이것이 브라질의 유명한 리오 축제다. 우리의 만드레의 민속과 맥을 같이 한다. 곤드레만드레 의 어원은 분명치 않다. 몸을 가눌 수 없을 정도로 취한 상태를 말한다.

이런저런 이유로 강원도를 자주 찾게 된다. 여행 중에 식사를 할 때에는 자주 등장하는 나물이 곤드레와 곰취, 그리고 취나물이 다. 곤드레가 어떤 식물이냐고 물어보면 산에서 자라고 있는 식물 이라고만 했다. 시원한 대답을 들을 수가 없다. 곤드레는 어떻게 생긴 식물인지 늘 궁금했다. 강원도 평창군 대하리에서 곤드레 축 제가 열린다는 소식을 접했다. 만사 제쳐두고 그곳으로 달려갔다. 대하리 마을은 앞을 봐도 뒤를 봐도 사방이 병풍을 둘러치듯이 높 은 산으로 둘러싸여 있고 산기슭을 따라서 평창 강물이 굽이굽이 흐른다. 작은 밭들에는 감자꽃이 활짝 피어 있고, 군데군데 뿌리 를 겨우 내린 어린 옥수수들이 자라고 있다. 마을에서 1km 나가 야 강가에 미친 여자의 엉덩짝만큼 작은 논, 산골 다랑이논 정도 크기의 논에, 옮겨 심은 지 얼마 되지 않은 어린모가 바람이 부는 대로 춤을 추고 있다. 눈이 많이 내리는 겨울에는 눈에 갇혀 몇 날 며칠을 집에서 보내야 하는 전형적인 산골 마을이다. 계곡에는 열 채 정도의 집들이 옹기종기 모여앉아서 따사로운 햇볕을 받고 있 다. 하늘이 준 아름다운 산과 강이다. 큰 항아리 안에 앉아서 하늘 을 보듯이 보이는 것은 빈 하늘뿐이다. 자급자족을 해야 했던 옛날에는 가난이 뚝뚝 떨어져 도적의 도심(盜心)을 도적맞아야 했던 산골 마을이었으리라는 추측된다.

점심때에 맞추어 버스에서 내리니 악사의 트럼펫에서 가곡, 보리밭이 흐느끼며 산골짜기에 울려 퍼진다. 포장이 쳐진 간이식당에는 곤드레를 재료로 한 나물, 죽, 된장국, 생선찜, 떡, 튀김과 장작불에 잘 익힌 돼지고기 삼겹살 등 먹음직한 음식들이 뷔페식으로 질서정연하게 차려져 있다. 빠질 수 없는 막걸리가 그득하게 담긴 항아리 속에 조롱박으로 만든 표주박이 눈길을 끈다. 모든 것이 공짜란다. 외상없는 인생열차가 아닌가? 모르겠다. 오늘은 오늘이고 내일은 내일이다. 아직도 살아있는 풋풋한 시골인심에 감사하며 곤드레 튀김을 안주삼아 막걸리에 곤드레만드레로 취하면 된다.

대하리 마을 이장인 이용선 님의 일장연설이 시작된다.
"행사일정은 산나물 채취, 산채요리 시식, 다슬기 잡기, 견지 및 투어 낚시, 송어잡기가 있습니다."
"내방객 접수를 하십시오. 접수를 하신 분께는 저기 보이는 청보리와 감자를 가을에 추수를 해서 접수하신 분들께 공짜로 보내드리겠습니다."
"택배비는 누가 부담하지?"
농담 좋아 하는 K가 불쑥 한 마디 던지니 모두 까르르 웃는다.
몇 백 명의 내방객들은 음식을 먹기에 바빠서 이장님의 연설은 뒷전이다.

먹은 음식을 소화시킬 겸 혼자서 산나물 채취현장을 돌아보았다. 산속에 들어가서 직접 산나물을 채취하는 체험 프로그램이다. 여섯 대의 관광버스에 나누어 타고 온 손님들이 우르르 몰려온다. 체험장에 갈 생각은 하지도 않은 채 길가에 농민들이 재배하는 밭에 들어가 곤드레를 마구 뜯어 배낭에 집어넣는다. 뽕나무가 몸에 좋다는 말은 어디서 들었는지 덜 익은 오디를 따는 것이 시원치 않자 뽕나무 잎까지 모두 훑어서 배낭에 집어넣는다. 원! 세상에 이럴 수가 있나? 잎을 모두 훑어 버리면 나무가 어떻게 살아남는가? 내년에 오는 손님은 어떻게 하라는 말인가? 누에보다도 더 생각이 없는 인간 누에 떼들을 보면서 한참 생각에 젖어 보았다. 소득 20,000불 시대를 사는 국민의식 수준을 의심하게 한다. 농어촌을 살리기 위해 얼마나 많은 돈을 쏟아 부었는가? 그 돈은 우리가 낸 세금이다. 농어촌은 우리의 뿌리이고 마음의 고향이다. 그들이 잘 살 수 있도록 우리는 도와주어야 한다.

대하리 마을 앞에는 잘 포장된 도로가 있다. 옛날과 같이 갇힌 마을이 아니다. 전국방방곡곡이 연결된 물류 소통의 시대가 왔다. 12세대의 작목반원들의 노력한 흔적이 곳곳에서 묻어난다. 남자분들은 행사요원으로서 여자 분들은 음식준비 요원으로서 각자 맡은 부분을 충실히 이행하고 있다.
평창군 농정과에 근무하는 이상영 씨도 하루 종일 땀을 뻘뻘 흘리면서 그들을 돕고 있는 게 눈에 들어온다. 공무원과 주민이 하나가 되어 행사를 치르는 모습이 감명 깊다. 머지않아 대하리에 아기울음 소리가 많이 들릴 듯하다.

등산을 겸해 수목이 우거진 산을 오르내리면서 곤드레를 비롯한 곰취, 취나물 등 갖가지 약초를 얻을 수 있고, 나무에서 뿜어내는 피톤치드를 보너스로 마음껏 마실 수 있다. 어디 그뿐인가. 마을 앞에 흐르는 평창강에는 다슬기가 살고 있는 청정지역이다. 쏘가리를 비롯한 열목어 등 많은 물고기들이 살고 있다. 간단한 고기잡이 도구를 차에 싣고 오면 어른들은 물고기를 잡을 수가 있고, 물이 깊지 않아서 애들이 물놀이하기에는 안성맞춤이다. 또한 민박을 할 수 있는 잘 정비된 집들이 즐비하게 손님을 기다리고 있다.

생산현장에 있는 분들은 주말에, 늙어 여생을 보내는 분들은 오랫동안 머물러도 좋은 곳이란 생각이 든다. 대하리 인근에는 골프장이 많다. 골프를 즐기는 분들은 필드를 누빌 수 있고, 바다를 좋아 하시는 분들은 그곳에서 동해바다까지는 가까운 거리이니 얼마나 좋은가. 또한 단종애사가 얽혀 있는 장릉과 청령포, 사임당의 숨결이 숨 쉬고 있는 오죽헌, 이효석의 문학관이 있고 물레방아 간에서는 허생원의 기침 소리가 지금도 들릴 것 같은 봉평, 관동팔경 등을 돌아보며 한 계절을 보내도 손색이 없는 곳이란 생각이 든다.

 # 장미꽃 속에서 사진촬영

꽃 속에 꽃
꽃보다 더 활짝 피었네

막걸리 잔 속
산과 강이 흔들리네 그려

나이를 묻지 마라
저승 갈 날 묻지 마라

시침(時針)을 멈춰 놓고
되돌아가는 우리

아름다운 황혼이여

천리포 수목원은
외국인이 이룬 기적의 땅

천리포수목원은 팔을 쭉 뻗으면 손에 닿을 듯한 거리에 있는 만
리포해수욕장부터 이어진 신의 비밀정원이라고 불리는 곳이다.

미국인 칼 밀러(Carl Ferris Miller)는 누구인가?

1945년 미 해군 장교로 24세의 젊은 나이에 한국에 첫 발을 디
딘다. 사랑하는 어머니와 가족의 만류를 뿌리치고 한국의 정다운
인심과 수려한 풍광에 마음이 이끌리어 이 땅에 뿌리를 내린다.
군대에서 제대를 한 후 한국은행에 근무를 한다. 그 당시 가난한
농촌 사람이 땅을 사달라는 청탁을 외면 못하고 매입을 한다. 그
렇게 부지 매입은 1962년에 시작을 했다.

1970년에 수목원 조성은 시작을 하고 1979년 미국이름 칼 밀러를 버리고 한국이름 민병갈로 개명을 하고 한국에 귀화한다. 1996년 천리포수목원을 산림청 산하 공익법인으로 인가를 받는다. 2002년 향년 81세로 이 땅에서 한국인으로 숨을 거둔다.

수목원의 규모와 가치

국제수목학회로부터 세계에서 12번째, 아시아에서 최초로 세계에서 아름다운 수목원으로 인증을 받았다. 18만7천 평에 60여 나라로부터 수입한 10,000여 종의 수종과 국내에서 수집한 5,000여 종과 합쳐 15,000여 종을 보유한 국내 최다 식물 종(種) 보유를 자랑한다.

이곳은 국내와 국외 학술교류 및 수목원 전문가 양성 등 연구, 교육 중심의 최초 민간 수목원이다. 그간 일반인들에게는 문을 닫고 있었으나 2009년 3월부터 일반인들에게 문을 열고 있다. 봄부터 겨울까지 계절에 따라서 생태를 달리하는 수종들이 있어 계절에 따른 자연의 아름다움을 돋보이게 한다.

외국인들의 한국사랑

무지하고 가난하게 살아온 이 땅에 사랑을 심고 우리의 눈을 뜨게 한 외국인이 하나둘인가? 연세대학교를 창립한 언더우드, 이화여자고등학교와 배재고등학교 등등 일일이 열거를 할 수 없을 정도로 많은 외국 분들은 우리나라 젊은이들을 교육시키는 교육기관을 설립했다. 이는 우리가 경제대국이 되는데 많은 도움을 주었다. 고마운 분들이다. 그뿐인가? World Vision Aid program이 있다. 이는 잘 사는 나라가 못 사는 나라에게 원조를 해 주는 프로그램이다. 우리는 1945년 일본으로부터 해방 이후부터 1995년까지 50년 간 우리보다 잘 사는 나라들로부터 600억 달러, 한화로 70조 원 상당의 원조를 받았다. 원조를 받던 나라에서 원조를 주는 첫 번째 국가가 됐으며 아시아에서는 일본 다음으로 경제원조위원회(DAC) 가입한 국가이다. DAC는 선진 22개국이 가입되어 있으며 세계원조의 90%를 이들 국가에서 부담을 한다. 이제는 아시아와 아프리카에 여러 가지 경로를 통해 도움을 주시는 분들을 지상을 통해 볼 때마다 가슴이 뿌듯함을 느끼고는 한다.

1950년 6월 25일. 그 때 나는 한국 나이로 12살, 초등학교 5학년의 어린 소년이었다. 전쟁이 끝난 후 많은 나라들로부터 구호물자를 받았다. 나는 마을 이장 집에서 끈을 매는 부분만이 밤색인 백구두를 받았다. 난생 처음으로 신어본 구두였기에 그 구두의 밑창이 다 달아 없어질 때까지 신고 다녔다. 중학교에 입학해서 처음 모자를 쓸 때도 무척 좋아했다. 어느 나라의 누가 보내주었는지는 지금도 모른다. 그 때의 고마움을 60여 년이 지난 지금도 잊지 못하고 있다. 사용하지 않는 옷과 신발 등을 깨끗이 빨아서 아름다운 가게 또는 성당에 주기적으로 전하고는 한다. 그 때 그들이 어린 소년의 가슴에 심어준 사랑의 씨앗이란 생각을 하고는 한다.

내리 사랑이라 했던가? 우리가 받은 것 이상으로 우리보다 못 사는 나라들을 물질적으로 또한 정신적으로 도와주면 경제적인 이익은 물론 우리들이 그들에게서 더 많은 것을 얻는다는 생각을 지우지 못하고 오늘을 살고 있다. 남에게 주는 것이 받는 것보다도 더 어려운 일이다. 원조 수혜국이 원하는 바를 적기에 적당량을 줄 때 그들은 더 고마워한다. 우리 속담에 '× 주고 뺨 맞는다.'는 걸쭉한 말이 있다. 원조절차가 시의적절한가 늘 주의 깊게 심사숙고를 해야 할 일이다. 우리가 어려울 때 잘 사는 나라들로부터 받은 구호물자에 감사하듯이 그들도 먼 훗날 감사할 것이고 또 다른 이웃에게 베풀 것이다.

민병걸은 여자와 결혼을 마다하고 천리포수목원과 결혼을 했다. 이 땅의 젊은이들을 양아들로 맞이하고 그들을 교육시켰다. 지금은 그들이 각국의 수목원에서 또는 건축가로 세계의 일원이 되어 각자의 몫을 단단히 하고 있다.

우리의 이웃 나라들은 기회가 있을 때마다 우리의 모든 자원과 문화재까지도 빼앗아 가고, 제 것인 양 변명만 하고 돌려주지 않는다. 멸종된 우리의 식물들이 외국수목원에 가야 볼 수 있다고 우리의 식물학자들은 안타까워하고 있다. 빼앗긴 우리가 바보다. 앞으로 빼앗기지 않도록 정신을 바짝 차릴 일이다.

민병걸은 국가의 도움이 없이 사재를 털어서 많은 외국식물을 천리포수목원에 뿌리를 내리게 하고, 그는 우리 곁을 떠났다. 그가 정성을 들여서 심고 가꾼 수목에서 사계절 뿜어내는 향기는 우리 땅의 방방곡곡에 영원히 퍼져나갈 것이다. 머리 숙여 고인의 명복을 빈다.

한 맺힌 어머니

추석 다음 날
신선이 산다는 산골짜기

가슴에 박힌 큰 못 하나
빼내지 못해 서러워라

두견새는 피눈물을 토하고
산울림에 잠든 소년

그리움의 잔잔한 물결
기억의 저편에서 서로가 손짓을 하는데

한이 맺힌 목화 꽃송이
슬픔의 타래를 풀지 못한 채

오늘도
하얗게 하얗게 피어나고 있네

보슬비가 나리는 날에
울고 넘은 박달재

박달재를 돌아 본 후, 유람선을 타고 단양팔경의 일부를 보면서
옛 선비의 풍류를 따라 가다, 중국 운남성의 석림과 규모면에서는
작지만 아기자기한 펼쳐진 금월봉 바위와 탄금대, 중앙탑 보기로
이어지는 일정이다. 하루에 소화하기에는 바쁜 일정이지만 우리
나라 중원인 충주 쪽을 들여다볼 수 있는 좋은 기회다.

울고 넘은 박달재

박달재는 제천에서 충주로 이어지는 38번 국도에 위치한 능선
이 사방을 에워싼 첩첩산중에 있다. 교통이 발달한 지금이야 자동
차 액셀러레이터를 힘차게 몇 번 발로 밟으면 단숨에 오를 수 있
는 곳이다. 옛날에는 큰 고개를 넘는다는 것은 괴나리봇짐을 지고

혼자서 갖가지 상념에 젖으면서 터덜터덜 땀 흘리며 올라가야 했던 곳이니 서민의 애환이 깃들여 있을 수밖에 없었을 것이다.

우리나라 가곡 바위고개와 대중가요인 추풍령, 고모령 등이 그렇고, 농부인 듯한 부부의 이별 장면을 보고서 반야월이 작사한 울고 넘은 박달재가 그렇다. 반야월이 작사를 하고 김교성이 작곡을 한 이 노래를 1948년 박재홍이 불러서 한반도를 떠들썩하게 했다. 무명의 박재홍이 가수로서 세상에 이름을 남겼다.

지금도 이 노래는 나이가 든 이들의 애창곡이 됐다. 물항라 저고리, 도토리묵 등 노랫말에서 옛날 정서가 묻어 나오고, 고개 마루에서 이별한 사람이 임을 보내고 가슴이 터지도록 울부짖는 장면이 연상된다. 우리가 박달재를 찾던 날 보슬비마저 부슬부슬 내렸다. 옛날을 뒤돌아 보라는 하늘의 뜻이었을까?

1968년 심우섭이 감독을 하고 지금은 고인이 된 허장강과 도금봉이 출연을 한 영화 〈울고 넘은 박달재〉도 그렇다. 큰 고개 너머로 시집을 간 여인은 시댁의 귀신이 될 때까지, 때로는 못된 시어머니의 갖은 박해를 받으면서 시댁에 뿌리를 내리지 않았던가? 곡간열쇠를 손에 거머쥔 시어머니는 며느리에게는 절대 권력자다. 사려가 깊은 시어머니는 며느리의 친정 대소사에 며느리를 아들과 함께 참석하게 하고 사돈댁과의 관계를 유지하고는 했다.

시집을 잘못 가면 시집가는 날이 친정과의 모든 인연을 끊는 날이다. 친정 부모의 마지막 가는 날에나 갈 수가 있었으니 딸의 울음은 저승까지 들린다고 했다. 어릴 적 부모에 대한 애틋한 사랑에 대한 연민이 아니고 살아온 세월에 맺힌 한을 토해내는 울부짖음이었으리라. 여인은 시집을 가서 시댁에 대를 이어주기 위해서 아들을 낳아 주어야 하고 남편에게도 매사에 복종을 해야 하는 문서가 없는 종노릇을 해야 했다. 모두가 오래되지 않은 옛날이야기이다. 우리 어머니들의 이야기이다. 후진국에 가면 지금도 다름이 없는 생활을 하는 여인들이 있다.

역사의 전설이 얽힌 탄금대

우륵이 가야금을 타고 제자들을 길렀다는 탄금대는 충주호가 탄금대를 따라서 굽이굽이 흐르고 풍광이 수려한 곳이다. 1592년 (선조 25년) 임진왜란 때 왜장 고니시 유키나가와 우리나라 신립 장군과 일전을 치른 곳이다. 간편한 서양식 군복에 신무기인 조총으로 무장한 왜군과 전쟁을 치르기에는 불편하기 짝이 없는 바지저고리를 입고 화살과 죽창으로 무장한 우리나라 군인과의 전쟁이다.

조령이 어떻고 기마병이 어떻고 왜군의 숫자가 어떻고를 떠나서 전술 전략을 논할 처지가 아니다. 전쟁 초기부터 패하게 된 전쟁이다. 신립 장군은 충주호에 뛰어들어 장렬한 최후를 맞는다.

역사는 되풀된다. 현대를 살아가는 우리들은 현재 어디까지 와 있고 어디로 가야 하는 지를 곰곰이 생각을 할 때라는 생각을 한다.

충주는 한반도의 중심에 있다. 중국의 역사를 보면 중국의 중원을 먼저 차지한 자는 중국을 통일한 것 같다. 전투 시에 조령과 추풍령은 옛날에 중요한 의미를 지녔다. 삼국시대 전투 시 신라군과 고구려군이 서로 상대에게 빼앗기지 않으려고 많은 피를 흘린 곳이 충주 일원이다. 역사학을 전공하지 않은 사람일지라도 그곳을 찾아보면 그때의 전쟁 흔적들이 눈에 자주 뜨인다. 멀리는 삼국시대로부터 가까이는 6·25까지, 전쟁은 끊이지 않았다. 전쟁 시 전쟁의 소용돌이 중심에 있는 분들은 말보다도 눈치가 빨라야 한다. 낯선 군인이 닥치면 적군인가 아니면 아군인가를 육감으로 식별을 해야 한다. 사느냐 죽느냐의 문제다. 서투른 판단은 죽음으로 가는 길이다. 살아남기 위해서는 말을 얼른 하지 못하고 우물쭈물 할 수밖에 없다. 상대에게는 답답함을 줄지 몰라도 전쟁 시나 또는 경쟁사회를 살아가는 현대인으로서도 삶의 지혜라는 생각을 해본다.

기상청에서는 하루 종일 천둥번개가 치고 많은 량의 비가 내린다고 했다. 서울에서 시작되는 비이기에 우리는 비를 등에 지고 남쪽으로 한 여행이다. 다행으로 비는 피했으나 장마 전의 무더위를 피할 수가 없었다. 덕분에 이른 여름부터 땀띠라는 반갑지 않은 손님을 맞이했다.

땀띠

열꽃 한 송이
음습한 곳에서
몸짓을 하더니

햇살 속을 유영하고
지열까지 들이키니
이곳에 돋아나네
활짝 펴서
나를 몸살 나게 하는
못 다한 사랑이여

선들바람 찾아들면
귀뚜라미 울음에 묻혀버릴
슬픈 열꽃이여

느림의 도시 청산도

　느림의 도시(Slow City)란 느리지만 전통의 과거 문화와 현대의 급변하는 문화가 조화를 이루면서 멋진 삶을 추구함을 목적으로 하는 도시를 말함이다. 지정 요건의 심사항목은 24개이다. 중요한 것만 열거를 하면 인구가 5만 이하이여야 하고, 전통적인 수공업 방식을 고수하고, 그 지방에서 나는 식자재를 이용한 조리법을 보전해야 하며, 또한 고유의 문화유산을 지키고 자연친화적인 농업방식을 고수해야 한다. 4년 마다 재조사를 해서 자격 미달된 도시는 제외시킨다.

　이태리 그레베 시장이 산업화로 인하여 인간본래의 인성을 잃어버리고 물질만을 추구하며 급속하게 변해가는 세계를 향해 느림의 철학을 외치면서 Slow City의 호시를 이루고, 많은 이들이 이에 호응을 한다. 현재는 영국, 독일, 호주, 한국 등이 가입 되어 있다. 2010년 6월 말 현재 전 세계 20개국 135개 도시가 Slow

City로 지정되어 있다. Slow City는 현대인에게 마음의 고향 역할을 단단히 하고 있다.

　일본은 20여 개 도시가 두 번이나 지정을 신청하였으나 아직도 지정을 받지 못 하고 있다. 이유인즉 일본 농촌이 현대화와 서구화됐고 획일화 됐다는 것이다. 아시아에서는 처음으로 전남 완도군의 청산도, 장흥의 반월마을, 담양의 심천지 마을, 신안의 증도가 2007년 Slow City 국제연맹의 심사를 거쳤다. 2009년에 경남 하동군의 악양면이 추가 됐고, 충남 예산군의 대흥면과 응봉면도 인증을 받았다. 제주도 올레길을 비롯한 몇몇 도시에서도 가입을 신청 중이다.

　완도에서 짙푸른 뱃길을 따라 50여 분을 가면 두 손을 번쩍 들어 환영하는 청산도가 눈앞에 다가 온다. 청산도는 산과 바다 그리고 하늘이 푸르다 해서 붙여진 이름이다. 옛날부터 청산도를 청산여수라 했다던가? 남도 어느 곳을 가도 유채꽃과 푸르른 바다 그리고 점점이 이어진 수많은 섬들이 있다. 임권택 감독이 촬영을 해서 우리에게 가까이 다가온 〈서편제〉의 주연 오정해가 아버지 김명곤의 선창에 따라서 진도 아리랑을 신나게 부르고, 동생 김규철이 치는 북소리에 맞추어 덩실덩실 어깨춤을 추던 촬영현장도 아니고, 봄의 왈츠를 촬영한 현장에 대한 호기심은 더더욱 아니다.

　진정 호기심은 돌담이 있는 고샅길을 친한 친구들과 함께 걷고 싶었고, 어릴 적에 등을 따뜻하게 해 주던 온돌방에 있던 구들을 논바닥에 깔고 흙을 덮어서 만든 다랑이 논에 누런 황소가 쟁기질을 하는 농촌 풍경이었다. 농촌에서 유년을 보낸 늙은이의 향수를 달래고 싶어서였다는 것이 맞는 말이다. 고샅길에는 애들이 뛰노는 모습을 눈여겨봐도 찾을 길이 없고 돌담 사이로 느리게 오고 가는 늙은이들만이 보인다. 초가지붕대신 빨갛고 파랗게 단장을 한 지붕들이 시야에 들어온다. 이곳에도 변화의 바람이 세차게 지나간 흔적이 진하게 보인다. 청계리 신흥해수욕장을 가면서 바닷가에 짓다만 이층양옥과 초가가 눈에 뜨인다. E대 교수였던 노교수가 말년을 고향에서 보내기 위해 생가인 초가 옆에 이층양옥을 짓다가 병사를 했다고 한다. 연어의 꿈을 실현하지 못하고 저 세상으로 간 노교수의 집념이 마음을 시리게 한다.

청산도는 큰 섬들이 그렇듯이 반은 농사일에 전념을 하고 반은 어업에 종사를 한다. 이곳에서 초분을 만났다. 의외의 소득이다. 없어진 장례문화의 조각을 이곳에서 보았다. 어릴 적 본 초분이다. 어린아이가 겨울에 죽으면 땅이 얼어 있어서 파기가 힘들었기에 가묘 형태로 이엉을 둘러서 시신을 놓았다가 땅이 풀리면 땅에 묻는 풍습이다. 이를 태봉이라 했다. 그곳을 밤에 지나칠 때는 소름이 끼치고 등골이 오싹하고는 했다. 공동묘지에 태봉은 아이들에게는 공포의 대상이다. 이곳 당리에 초분이 있고 지금도 이곳에서는 초분을 한다고 했다. 초분을 하고 3~4년이 지난 다음 본장을 치른다고 한다. 초분을 하는 이유는 첫째로 정월이나 이월에 땅을 건드리면 마을에 우환이 온다고 했다. 특히 전염병이 돌 때는 반드시 초분을 해야 한다. 둘째로 육탈이 안 된 시신을 땅에 묻으면 후손에 후환이 온다고 했다. 셋째로 살아계실 때 못다한 효의 표시라고도 했다. 겨울에는 땅이 얼고 날씨가 추우니 해동이 된 후에 장례를 치르기 위함이고 또한 어업에 종사를 하시던 분들이 옛날에는 먼 곳으로 고기를 잡으러 가면 상당수가 풍랑에 목숨을 잃었고, 집으로 돌아오기까지는 많은 시일이 걸리니 그런 제도가 있지 않았나 하는 생각을 해 보았다.

여행에는 뭐니 뭐니 해도 좋은 친구가 있어야 하고, 풍광 또는 문화유산 등 볼거리가 있어야 하고, 빼 노을 수가 없는 것이 먹을거리가 아닌가? 청산도는 완도군에 속한다. 우리나라 전북 생산량의 80%를 완도군에서 생산을 한다. 전복의 주 먹이는 미역과 다시마다. 미역과 다시마가 풍부하고 심한 풍랑이 없는 완도는 천혜의 전복생산의 적지다. 동의보감에서 삼보(三寶)는 전복과 상어 지느러미, 그리고 해삼이라 했다. 전복이 산모에게는 산후 조리용으로 어린이와 노인에게는 건강회복용으로, 젊은이에게는 정력강장제로 쓰이고 있음은 주지의 사실이다. 문제가 있다면 전복도 송이와 같이 값이 비싸다는 것이다. 현재는 수산업의 발달로 대량생산이 가능해져서 가격도 상당히 저렴해졌다. 청산도에는 전복, 김, 삼치, 마늘, 멸치, 다시마, 미역, 파문어의 주산지다. 현지에서는 잘근잘근 씹히는 맛이 있는 전복과 피문어를 안주삼아 소주잔을 기울이는 운치가 있어야 하지 않을까? 동행하지 않고 집에서 기다리는 아내에게는 김, 마늘, 멸치, 다시마 중에서 어느 것을 선택해도 싫다는 말은 하지 않을 거라는 생각을 했다. 그 지방 특산물을 사 가지고 가면 고개를 살래살래 흔드는 아내의 표정이 떠올라 빈손으로 덜렁덜렁 집으로 돌아갈 생각이었는데, 좋은 친구 S가 멸치를 한 봉지를 손에 쥐어 주기에 고마운 마음으로 가지고 왔다. 언젠가는 배낭 하나 달랑 메고 다시 찾아 오랫동안 머물고 싶은 곳, 그곳이 청산도라고 감히 말하고 싶다.

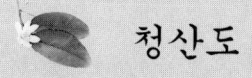 # 청산도

헤어지기 아쉬워
마음속으로 나누는 눈인사
떠나보내야 하는 청산도

푸른 바다 하얗게 가르며
뱃길 따라 멀리 점점으로 사라지는 너
이어지는 석별의 손짓인 포말

너를 두고 떠나는 마음
몸은 떠나도
머릿속에 그리움으로 남아있을 너

달팽이 같이 느리디 느린 걸음으로
옛 모습 그대로
다시 찾아 올 때까지
내, 유년의 꿈을 키워주렴

장맛비와 동행한 가평,
아침고요수목원

천둥번개를 동반한 장맛비가 새벽까지 미친 듯이 쏟아지더니 아침에는 속도를 줄인다. 여행방 가족들이 이동 중에는 비가 주룩주룩 내리다가도 목적지에 도착을 하면, 떼를 부리며 울던 아이가 갑자기 울음을 그치듯이 비가 멎어 준다. 밤새워 음식준비하고 비가 멎기만을 간곡하게 염원하고 기다린 행사 주최 측에 대한 하늘의 화답인가? 여인의 기(氣)가 세어서 그런가? 아니면 동행하신 분들이 전생에 덕을 쌓아서인가? 고개를 갸우뚱하게 한다. 희한한 일이다. 장맛비 속에서 무사히 치른 행사이니 말이다.

인도의 시인, 타골은 한국을 가리켜 '동방의 고요한 아침의 나라'라고 예찬을 했다. 경기도 가평, 축령산 자락에 자리를 잡고 있는 아침고요수목원은 밭농사를 짓던 화전민들이 떠난 후 염소를 방목하던 불모지였다. 삼육대학교 원예과 한상경 교수가 뜻한

바 있어 1994년부터 이 땅을 매입하기 시작하여 2년 후인 1996년
에 수목원으로 개원을 한다. 10년이면 강산도 변한다고 했던가?
개원을 한지 12년이 지난 지금, 한 교수가 심혈을 기울인 정성들
이 활짝 핀 한 포기의 꽃으로 우리에게 다가온다.

4,500여 종의 식물을 보유하고 있다. 또한 한국정원을 비롯한
20여 개의 테마정원과 2개의 전시실이 우리 앞에 우뚝 서 있다.
산림청이 전국 각지에 보유하고 있는 자연휴양림과 수목원 그리
고 많은 사설 수목원은 우리에게 쉼터와 볼거리를 제공해준다. 아
침고요수목원은 차별화된 나름대로 특징이 있다.

첫째로, 우거진 잣나무 숲에서 품어내는 피톤치드와 콸콸 흐르
는 개울물은 청량감을 준다. 좋은 쉼터이고 친환경적이다.

둘째로, 인도의 타지마할은 대칭구도로 설계되어 있어 대칭구
도를 자랑하나, 이곳은 부등변 삼각형 비대칭을 중시하여 설계되
어 있다. 우리나라 산과 강 그리고 소나무는 완만한 곡선의 미를
갖고 있다. 또한 곡선의 미를 강조한 설계이기에 한국의 멋을 풍
긴다.

셋째로, 철사로 얽어매고 가지의 성장을 억제해서 아기자기하
게 꾸민 일본정원은 인공으로 꾸민 축소지향이다. 이곳 한국정원
은 소나무, 흐드러지게 자란 목단, 장독대 그리고 굴뚝이 있는 뒤

란의 풍경은 자연스런 한국의 미와 전통을 살린 그야말로 한국의
정원이다.

넷째로, 이념을 떠나서 우리의 소원은 통일이다. 하경정원
(Sunken Garden)은 이를 아름답게 표현하고 있다.

봄비

봄비가 마른 땅을 적셔주니
아카시아 잎이 푸른색 토하며
하늘을 보고 웃음 짓네

금강산에서의 겨레의 만남
바위가 흘리는 눈물
칠천만 가슴에 찡하게 젖어오네

단비야
쉬지 말고 뿌려라
눈물아
마르지 말고 흘러라
백두에서 한라까지

그날이 오면 우리는
쌓인 앙금 하얗게 씻어내고
서로를 보듬어 안고 살 지어니

묵곰

사
이
버 세
　 상

악의에 찬 꼬리글에 대하여

요사이 신문과 방송매체에서 심심치 않게 악플에 대한 이야기가 이목을 집중시키고 있다. 문맥이나 이야기를 듣고, 유추를 해보면 무슨 뜻인지 이해는 간다. 그러나 난생 처음 듣는 낱말이기에 국어사전을 뒤져봐도 그런 낱말을 찾을 길이 없다. 컴퓨터와 인터넷 문화가 발달을 하면서 많은 새로운 낱말이 등장을 하고는 한다. 악플은 답글의 한 형태이고, 답글과 뜻이 유사한 낱말은 꼬리글, 덧글, 댓글, 리플 등이 있다. 리플이란 영어로 답을 한다는 뜻의 Reply에서 착안을 하여 만든 한국식 영어의 표현인 듯 하고, 악플은 한자어의 아주 나쁘다는 뜻의 악(惡) 자와 영어의 Reply에 착안을 하여 만든 합성어인 듯하고 뜻은 악의에 찬 답글을 말한다.

새로운 낱말들은 이삼십 대들이 인터넷문화에 접하면서 만들어낸 신조어라고 유추를 할 수가 있다. 우리말에서 끄집어내고, 한

자와 영어에서 끌어서 국적불명의 새로운 낱말을 만들어 내고 있다. 젊음의 기지가 톡톡 튄다. 아날로그 세대인 우리들은 그들을 따라가기에 걸음걸이가 빨라져야 하고, 두뇌회전을 계속시킬 수밖에 없다. 침해를 예방하는 하나의 방편이라고, 긍정적인 생각으로 이어가면 좋지 않을까 한다.

답글에 대한 정의를 내리자면 어떤 게시물에 대하여 제한된 글자 수로 간단명료하게 자기의 의견을 말해야 한다고 할 수가 있다. 영어의 Comment와 뜻이 같다고나 할까? 답글을 쓰는 것이 게시물을 올리는 일보다도 더 힘이 든다는 생각을 하게 된다. 혹자는 생각이 나는 대로, 감정이 쏠리는 대로 쓰면 되지 않느냐고도 한다. 심심해서 우연히 던진 돌에 개구리가 맞아서 죽는다고 했지 않은가? 답글이 상대에게 깊은 상처를 주었다고 상상을 해보자! 나이가 들면 남녀를 불문하고 대부분의 사람들이 불면증에 시달리고 있다. 감보다는 곶감이 달다고 한다. 답글을 쓰지 않으면 될 일이다. 답글을 써서 상대의 끓는 마음의 기름에, 성냥불을 그어대는 일은 삼가야할 일 중에 하나라는 생각을 한다.

따라서 답글은 여러 사람들이 본다. 답글은 우선 상대의 글을 정독하여 상대가 보내는 메시지를 정확하게 알아야 하고, 둘째로는 유모와 기지가 번뜩여야 한다. 셋째로 말과 글은 때와 장소에 따라서 가려 해야 한다. 답글이 교조적이거나 상대의 인격을 모독하는 내용이 포함되어 있을 때, 당하는 사람은 공개재판을 받는 것과 같다. 상대와 의견이 다르거나, 하고 싶은 말이 있을 때, 상대에게 자기의 뜻을 전하는 방법은 인터넷 상에서 여러 가지가 있다.

공감이 가는 글이면 조회횟수가 많을 테고 그렇지 않으면 적을 테니 그것은 그렇다 치고, 꼬리글에 대한 답글을 쓰는 것은 늘 어려움이 따른다.

꼬리글을 다신 분들에게 답글을 쓰지 않으면 성의가 없어 보인다. 꼬리글을 다신 분들이 궁금해 하실까봐서 시시각각으로 들어오는 글에 답글을 달다가 보면, 고자가 처갓집을 드나들 듯 늘 컴퓨터 앞을 얼씬거려야 한다. 아니면 한가한 시간에 일괄처리를 하다가 보면 상당시간을 컴퓨터 앞에 앉아서 보내야 하는 어려움이 따른다.

글을 올리지 않으면 문제는 간단하다. 글은 올리고 싶고, 답글을 다는 것은 또 다른 창작이고 보면 어려움이 따른다는 이야기이다. 시간이 많아서 글을 올리고 독자의 꼬리글에 답글을 하나하나 달면서 느긋하게 독자와 교감을 한다면 이보다 더 즐거운 일이어디에 있겠는가.

악플러에 대한 정신과 의사의 소견을 보면, 뚜렷한 사회활동이 없이 인터넷에서만 활개치고, 실생활에서 소심하나 익명 공간에서는 공격적이고, 특정인 안티가 아니라 악플 자체에 쾌감을 느끼며, 악플을 다는 행위로 분노를 해소하며, 인터넷 세상에서만 자제력을 상실하고, 깊은 열등감 때문에 남들이 알아주지 않으면

나의 가치는 없어진다는 믿음을 가지고 있다고 한다.

아름다운 60대 방은 교육기관이 아니다. 더욱이 글쓰기를 전문으로 하는 문인들만의 광장도 아니다. 열심히 한 세상을 살아오시고 뒤늦게나마 어렵게 컴퓨터를 배우시고 인생을 즐기시는 분들의 광장이다. 어쩌면 치매가 다가올 때까지 컴퓨터의 자판기를 두드릴 수가 있는 진취적인 분들이다. 옥에도 티가 있듯이 가끔 악플이 보인다. 그러나 그들은 그들이 머물 곳이 아니라는 것을 알고, 햇빛을 본 강가의 아침 물안개와 같이 짐을 꾸려 스스로 떠나는 것을 보고는 했다. 문제는 주제파악을 하지 못하고 남의 글에 대하여, 머릿속에 꽈배기만 가득 찬 사람과 같이 계속하여 악플을 달고 있는 경우이다. 우리가 머무는 공간의 평화를 위하여 다른 곳이나 가보시라고 정중히 말을 할 수 있는 용기가 우리에게 있다는 것을 말하고 싶다.

인터넷 고스톱을 치면서

원호야 몇 살이니?
나? 너는
스물한 살

'ㅊㅎ'는 축하
'방가'는 반가워요
상형문자도 아닌데 뜻을 몰랐어

길가에서도 뽀뽀
전철에서도 애무
만나면 반말, 문화 다른 세대

시간과 분침이
초침도 다르게
급변하는 세상
손끝에 힘을 다해
파고들 거야, 너희들 세상으로
달이 기우는 것을 머물게 하고 싶어

신세대 신용어 시각의 차이
별을 보러 달을 따러
나도 함께 가야지

돌아온 철새가 되어

　겨울이 되면 몽골 또는 시베리아에서 혹독한 추위를 피해, 한국으로 와서 겨울을 보내는 새를 겨울철새라고 한다. 철새들은 V자 또는 W자형으로 이동을 하나, 대개의 경우 V자형으로 이동을 한다. 앞의 새가 날면서 일으키는 바람의 상승기류 작용으로 인하여 보통 날 수 있는 거리의 71퍼센트를 더 날 수 있다고 한다. 맨 앞에 나는 새는 공기의 저항 때문에 힘이 들어서 오랫동안 나를 수가 없기에 수시로 임무 교대를 하고는, 공기 저항이 적은 줄의 중간으로 들어간다고 한다.

　새가 날고 있는 하늘의 높이는 지상으로부터 기러기의 경우 2,000km, 두루미의 경우는 4,000km라고 했다. 어느 시인은 하늘 구만 리라고 했다. 일리가 0.4km이니 구만 리는 36,000km라는 계산이 나온다. 논리적으로는 맞지를 않는다. 아마도 그 시인은 아주 높다는 뜻으로 구만 리라는 말을 사용했을 것이다.

고니의 경우, 동료 중에서 병이 들거나 힘이 쇠약해서 대열에서 낙오를 해야 할 경우, 다른 두 마리의 고니와 함께 지상으로 내려온다고 한다. 힘이 약한 놈이 원기를 회복하면 모두 함께 다음 기착지로 가기 위해 하늘을 난다고 한다. 원기가 회복되지 않을 경우, 기착한 자리에서 생사를 같이 하고 생을 마감한다고 한다. 한국의 철새 정치인들은 살아남기 위한 방편이라고는 하지만, 하늘을 나는 새보다도 지켜야 할 도리를 모르고 세상을 살아간다는 말이지 않은가. 선거철만 되면 헤쳐모여를 반복한다. 지구촌 사람들이 우리들을 시시각각으로 쳐다보고 있다는 생각을 하면 부끄러워서 어디엔가 숨고만 싶다. 민주주의도 발전과정이라는 게 있으니 손자 녀석 때는 양당정치의 형태라도 갖추었으면 하는 기대를 해 본다.

농부들이 농사일을 하다가, 힘이 겨울 때는 농부가를 부르듯이, 새들도 일체감을 갖고 특히 앞줄의 새들이 힘을 잃지 말라고 모두가 함께 노래를 부르며 이동을 한다고 한다. 뭇 시인들은 높은 창공에서 들리는 새들의 울음을 듣고 가을의 쓸쓸함과 인생의 황혼을 노래하지 않았던가. 두 다리를 쪽 뻗는 채 힘 있게 날고 있는 새의 아름다움을 동양화가들이 놓치지 않고 그려낸 그림을 우리는 종종 볼 수가 있다.

시베리아를 출발한 철새가 우리나라의 낙동강 하구까지 이르는 데는 12일이 걸린다고 한다. 중간 정거장에 해당하는 강원도 철원 평야, 속초 청초호, 서울 한강, 충남 천수만, 금강 등 적당한 곳에서 쉬면서 원기를 회복하고 다음 기착지를 향하여 나른다고 한다. 세계 114개 나라가 람사협약에 서명을 하고 철새들의 쉼터가 오염되지 않도록 노력을 경주하고 있다니 얼마나 다행인가.

겨울이면 노출이 되는 손과 발 그리고 온 몸을 중무장하고 겨울의 정취를 만끽하고는 했다. 작년 겨울부터 추위 앞에서 맥을 출 수가 없다. 이제는 눈보라가 치고 기온이 영하로 쭉 내려가면 별 수가 없이 방 안에 갇히고 만다. 방 안에 갇히면 시린 손과 발은 따뜻해지나 옆구리가 시려옴은 어찌하겠는가. 할 수가 없이 한 마리의 겨울철새가 되어서 컴퓨터 앞에 앉아 뭉그적거리며 많은 시간을 보낸다. 아침밥은 집사람에게 얻어서 먹고는, 운동 삼아서 설거지 또는 청소기를 들고 몸으로 때우면 된다. 도랑치고 가재를 잡는 격이지 않은가. 점심은 그동안 살아오면서 소원했던, 아니면 보고 싶었던 사람들을 만나서 담소를 나누면 얼마나 즐거운가. 저녁이면 컴 앞에 앉아 있는 것이 눈이 좀 피로해서 그렇지. 노루 꼬리만 한 짧은 겨울 해를 넘기는 것은 그리 힘들지 않은 일 중에 하나다.

힘들여서 쓴 남의 글을 공짜로 읽는 재미는 쏠쏠한데 꼬리글을 다는 일은 쉬운 일이 아니다. 꼬리글은 제한된 글자 수에 자기의 느낌을 솔직하게 써야 하는 또 다른 창작인데, 평론가도 아니면서 더욱이 글의 높낮이가 심한 곳에서는 무슨 말을 어떻게 해야 하는가는 많은 생각을 하게 한다. 남을 배려하지 않고, 쏟아내는 말과 글은 문제를 야기할 수도 있고 상대에게 심한 상처를 줄 수도 있다. 내 마음을 열어 놓았다고 해서 상대의 마음도 열린 게 아니니 말이다. 허참! 이래저래 어디를 가나 신경을 쓰지 않고는 살 수가 없는가 보다. 그것도 오입이라고 돈이 든다는, 비가 오는 어느 날, 옹기장수의 독백이 생각을 키운다.

봄이 오는 소리가 멀리서 은은히 들려온다. 우리 곁으로 가까이 다가올 때쯤이면 잔설 위에 폭풍이 한바탕 광란의 춤을 추며 지나가는 통과의례가 남아 있다. 이제는 너와 맞서서 싸울 용기도 힘도 없다. 글을 몰라 신문을 읽을 수가 없고, 말을 몰라 텔레비전도 볼 수가 없는 오지로 도망갈 배낭이나 꾸려야겠다.

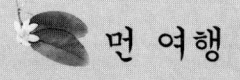 # 먼 여행

눈이 있어도

글을 몰라

신문이 까맣게만 보이고

입이 있어도

말을 몰라

텔레비전에는 화면만이 흐릅니다

휴대전화마저

잠재워 놓은 세상

듣지 않으니 살맛이 톡톡 튀고

시계가 없어도

원초본능을 알려주는 배꼽시계

예가 무릉도원이 아니던가

답글을 쓸까 말까

　힘든 일을 서로 거들어 주면서 품을 지고 갚고 하는 일을 품앗이라고 한다. 다른 사람이 올린 글이나 영상을 시청각을 동원하여 감상하고 올리는 글이 답글이라고 한다면 남이 내 글에 답글을 달아주었기에 그의 글에 댓글을 달아줌은 또 다른 답글이다. 답글은 품앗이 개념이 강하다. 글을 올린 사람은 자기가 올린 글에 답글이 몇 개가 올라와 있는지와 답글 내용이 궁금하다. 또한 몇 사람이 읽고 갔는지 클릭 수에도 관심이 간다. 평범한 사람들이기에 어쩔 수 없는 일이다. 이를 초월한 사람이 있다면 그는 도를 많이 닦은 도인이라는 생각을 한다.

　땀 흘려 노력한 만큼 비례하여 열매가 달린다. 세계의 일위 자리를 지키고 있는 골프계의 여왕 신지애의 손바닥을 인터넷에서 본 적이 있다. 손에 덕지덕지 박힌 군살이 어느 부지런한 농부의 손과도 비교가 되지를 않는다. 20대의 아름다운 아가씨의 손바닥이라고 믿을 수가 없다. 우승 후 우리에게 보여주는 천진난만해 보이는 그녀의 웃음 뒤에 숨어있는 그녀의 손바닥을 본 후 많은 것을 생각했다.

　답글을 쓰는 분들은 세 부류로 나눌 수가 있다. 첫째가 답글을 잘 쓰는 분이다. 매사에 긍정적이고 부지런한 분이다. 둘째가 선별하여 답글을 다는 분이다. 이기적이고 대차가 분명한 분이다. 또한 예의가 바른 분이고 세상을 살아감에도 매사에 똑 소리가 나게 일 처리를 하시는 분이다. 셋째가 답글을 전혀 달지 않는 분이다. 숫기가 없거나 게으른 분, 아니면 조용하게 시간이나 보내자는 분이다. 고양이 같이 조심스럽게 들어와서 눈팅만하고 살금살금 나간다. 문제는 글은 자주 올리면서 답글을 전혀 달지 않는 분이다. 시간에 쫓기거나 오만한 마음씨가 마음의 한 구석을 차지하고 있어서 세상을 내려다보면서 사는 분일 수도 있고, 누구에게는 답글을 달고 누구에게는 안달 수가 없어서 모르쇠로 일관하는 분도 있으리라 짐작이 간다. 어떤 부류에 속하느냐는 중요하지 않다. 각자의 생각이 다르고 세상을 사는 방법이 다르니 자기가 처한 입장에서 카페에 드나들면서 남에게 피해를 주지 않고 즐기면 된다는 생각을 한다.

　수필방이나 자작시방에는 글을 자주 올리지 않는다. 평상시에도 자주 드나들면서 답글을 달아야 하고 본인이 올린 글에 답글을 달아 주신 분들께는 댓글을 달아야 함이 의무처럼 느껴지기 때문이다. 그러나 수필방은 한 번 글을 올리면 여러 날 화면에 떠 있다는 장점이 있다. 본인의 답글에 댓글을 달지 않는 것이 불문율로 되어 있는 곳이 삶의 이야기 방이다. 그런 저런 부담을 느끼지 않는 삶의 방에는 스스럼없이 가끔 글을 올리고는 했다. 그러나 그곳도 자주 드나들면서 보니 글을 올리시는 분들이 다른 사람이 올린 글에 답글을 열심히 달고 있음이 보인다. 외상없는 인생열차가 아닌가? 어디에도 공짜는 없다. 시간의 여유가 없어 답글을 일일이 달지 못함을 이해해줄 분이 몇이나 되겠는가? 기억에서 사라져 가던 닉네임이 보일 때는 반갑기도 하다. 오프라인 상에서 한 번도 뵙지를 못한 분은 어떤 분일까 하고 궁금하기까지도 하다. 얼떨결에 올린 답글에 My God! 또는 Good을 연발하시는 분들을 보면 해외에서 오랫동안 사시면서 우리 카페에 가입한 Kor-American이신 것을 유추할 수가 있다.

답글을 읽는 동안 기분이 좋아 빙그레 웃는다. 닉네임을 보면 남자인지 여자인지 대략 구별을 할 수가 있다. 가장 편안한 곳이 띠방이다. 오랜만에 고향에 돌아온 나그네 같은 심정이다. 갑장은 갑장이어서 흉허물이 없어 좋고 후배들은 젊고 풋풋해서 좋다. 지기 민들레님이 처음 가입하시는 분들께 우선 띠방에 가 보라는 권고를 하시는 이유를 이제는 좀 알 것 같다. 나이가 같다는 것은 또 다른 인연이기 때문이리라.

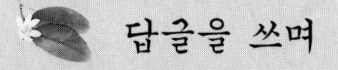 답글을 쓰며

당신이 보내준 서글픈 편지
눈물을 꾹꾹 찍어
답글을 씁니다

가슴 속 깊은 곳에서
치밀어 오르는 슬픔
이를 악물고 참습니다

사돈관계는 껄끄러운 법인데
지난 십여 년은 매끄러웠지요
당신의 사랑과 이해의 힘이었습니다

삶과 죽음의 갈림 길에서
고통 받고 있는 당신에게
답글을 어떻게 써야 위안이 되지요

강물처럼 밀려오는 슬픔
가슴은 먹먹한 채 참고 참아도
눈가에 맺히는 이슬은 어쩌지요

묵글

서민도 골프를 즐길 수 있어야

골프가 대중화로 가는 길

사람들은 누구나 좋아하는 일과 싫어하는 일이 있듯이 운동에도 모든 사람들의 취향이 다르다. 스키, 요트, 수영, 등산 등등 수많은 운동이 있다. 모든 운동은 건강에 좋다고 의사선생님들은 장려를 한다. 운동을 즐기는 사람들도 사회에 지탄을 받지 않는다. 그러나 골프를 즐기는 사람들만이 유독 미운오리 취급을 받을 때가 있다. 참으로 안타까운 일이다.

골프는 1880년~1905년으로 추정되는 해에, 당시 원산에 주재하던 영국인이 골프를 친 것이 우리나라 골프역사를 쓰기 시작한 것이라고 한다. 한국에 골프가 들어온 지도 100여 년이 된다. 이제는 많은 사람들이 즐기는 운동이 됐다. 통계가 일정치는 않지만 골프를 즐기는 사람이 300만 명이라면 상당한 숫자다. 골프의 본고장에서는 건전한 스포츠로서 자리매김을 하고 일반대중의 저항을 받지 않는다.

한국에서도 젊은 층에서는 그렇지 않으나 노년층에서는 아직도 돈이 많은 사람들이 하는 운동이라는 고정관념을 깨지 못하고 있다. 고정관념을 깨지 못하고 일반대중으로부터 멀어진 데는 고급 골프장과 대중 골프장, 정책당국과 언론매체, 골프 애호가들의 언행에서 그 이유를 찾을 수 있다.

고급 골프장과 대중 골프장

골프장 클럽하우스에 첫 발을 내디디면 번쩍이는 대리석 바닥과 고급 산데리아 불빛이 눈을 현란하게 한다. 서양 골프장의 욕실은 간단한 칸막이에 샤워를 할 수 있는 시설이 대부분이다. 한국 골프장의 욕실은 냉탕, 온탕, 열탕에 한 발짝 더 나아가면 사우나 시설까지 해 놓은 곳이 있다. 식당을 가보자! 시중에서 5,000원에서 7,000원이면 먹을 수 있는 대중음식인 해장국이 이곳에서는 12,000원에서 18,000원 한다. 별 네 개짜리 호텔에 준하는 시설에 걸 맞는 음식 값을 받는다.

대개의 골프장은 모노레일을 깔고 전동차를 운영한다. 자연의 향기를 마시면서 골프를 즐기던 일은 까마득한 옛날이 된다. 전동차는 의무적으로 이용을 해야 하고, 공을 치고 나면 숨을 돌릴 사이도 없이, 제한된 시간 내에 18홀을 돌아야 하는, 도우미들의 채

찍에 밀려 급히 전동차에 몸을 실어야 한다. 몸에 이상이 있는 사람이거나, 걷기를 원천적으로 싫어하는 사람이라면 모르지만, 운동차원에서 골프를 즐기는 사람들의 생리에는 전혀 맞지 않는다. 골프장 측에서 하는 일이니 어쩔 수 없이 따라는 가지만 혼자서 구시렁거릴 때가 한두 번이 아니다.

정책당국과 언론매체

누가 대통령이 되느냐에 따라서 정책이 달라지고, 대통령이 골프를 즐기는 분이냐 아니냐에 따라서 또 다르다. 그렇게 우리의 골프 역사는 100여 년이 지나갔다. 지금 뚝섬 서울의 숲이나 과천 경마장에는 군사정권시절, 골프를 즐기는 대통령들의 덕택에 진정한 의미의 대중 골프장이 있었다. 대통령이 바뀌면서 문민정부의 신임 마사회 회장이 잽싸게 골프장을 없애 버렸다. 그러고는 그 자리에 공원을 만들었다. 쓰레기처리장이었던 난지도의 골프장은 임신중절수술을 받은 아이와 같이 세상의 빛을 보기도 전에 우리 곁에서 멀리 떠나 버렸다. 노을공원도 같은 맥락에서 보아야 할 것이다. 골퍼의 입장에서 보면 입맛이 씁쓸해진다.

그때 과천 경마장에 있던 아홉 홀을 도는 비용이 5,000원이었다. 일반 골프장 도우미의 수고비가 2,000원이었고, 목욕비도

2,000원이었다. 운동이 끝난 후 경마장에 있는 욕탕에서 목욕을 하면 3,000원을 가지고 아홉 홀을 돈 셈이 된다. 그곳엔 사시사철 알뜰주부와 노인들, 그리고 거리가 꽤나 긴 연습장에는 점심시간을 이용한 과천시 공무원들도 눈에 뜨이곤 했다. 그곳에 주말예약을 하려면 새벽부터 설쳐야 했다. 사람들이 득실거렸다. 엄격한 의미의 이용률에서 보면 지금의 가족공원과는 비교가 될 수 없다. 많은 분들이 체육공원으로 사용했으니 말이다.

옛날이나 지금이나 해외 골프장에 가보면 많은 한국인을 볼 수 있다. 특히 겨울에 동남아 각국에는 한국인이 없으면 골프장 운영이 어려워지고 많은 교민들이 경제적인 고통을 받는다. 세계에서 두각을 나타내고 있는 한국 건아들의 뒤에는 그들의 현지 훈련비를 준비해야 하는 부모의 고통을 아시는 분이 몇이나 될까?

한때는 해외골프 억제령이 내린 적도 있었다. 영리한 골퍼들은 구두와 장갑만 가방 속에 감추어 가지고 해외로 나간다. 골프채는 현지에서 사용료를 내고 빌려 쓴다. 한 해에 사용료로 나가는 돈이 얼마인지는 정책당국도 몰랐을 거다. 더욱이 국민들이 당당치 못하고 눈치를 보면서 해외로 나갔다. 비굴한 이등 국민을 정부가 만든 것이다. 그때, 법을 어기는 듯한 느낌을 갖지 않은 골퍼들이 있었을까? 정책당국이 분출하는 국민의 욕구를 그렇게 막기만을 밥을 먹듯이 쉽게 한 적도 있었다.

국민소득이 향상됨에 따라서 취미도 다양하게 변해 감을 정책 당국은 인지해야 할 것이고, 특히 골프에 대해서 우리는 일본의 과거를 읽어야 할 것이다. 그들의 골프장이 왜 하루아침에 문을 닫아야 했고, 거미줄이 쳐진 골프장을 한국인들이 수리하여 왜 많은 한국인들이 찾고 있는가에 대해 생각해 보아야 한다. 한국인들이 즐겨 찾는 동남아에서 골프장의 실질 경영자는 머리가 우수한 한국인이라는 것을 연구 검토해야 한다. 한국인은 한국인의 습성을 누구보다도 잘 알고 있다. 또한 속성상 수십만 평을 소유하고 있는 골프장 소유주에 대한 조세정책 그리고 골퍼의 분출하는 욕구를 해소하기 위한 체력단련장으로서의 역할 등 다양한 대책을 세워야 할 시점에 와 있다는 생각을 한다.

잡목들이 우거진 쓸모없는 산을 깎아서 잔디를 심고 아름다운 공원을 조성한다. 그곳은 휴식 공간이며 체력단련장이다. 또한 많은 사람들의 일터이다. 고용 창출 면에서도 기여를 한다. 외국인들이 우리 골프장을 이용하면 외화획득이 된다. 우리는 앞으로 수많은 중국인 골퍼들이 한국으로 몰려올 것에 대비를 해야 한다. 정년퇴임한 노부부들이 한가롭게 골프를 치는 모습은 한 폭의 그림이다. 젊어서 일을 열심히 하면 늙어서 저런 삶을 영위할 수 있다는 메시지를 젊은이들에게 주는 언론매체를 한 번도 본 적이 없다.

언론매체에서 흔히 볼 수 있는 것은 골프장을 건설하기 위해 파

헤친 산과 들의 흉물스런 모습과 그곳에서 흘러내리는 모래와 흙이 농경지를 덮어 버리는 형태이다. 그리고 골프장 건설 인허가 과정에서 수많은 비리가 발생하고, 그로 인하여 연루된 많은 사람들이 굴비 엮이듯이 줄줄이 감옥으로 가는 꼴을 국민들이 보아 왔다. 그 뿐인가? 서민들이 상상도 할 수 없는 많은 돈을 걸고 하는 내기 골프, 과다한 농약 살포 등등 부정적인 면만이 국민들의 뇌리에 박혀 있으니 골프에 대해서 좋은 감정이 있을 수가 없다. 사실을 사실대로 보도한 언론매체를 탓하는 게 아니다. 모두가 자성하자는 뜻에서 한 말이다.

골프 애호가들의 자세

외제차를 타고 다니면 신분상승이 된 것으로 착각을 하는 사람이 있듯이, 골프를 치고, 어느 곳에서든지 골프 이야기를 할 수 있으면 신분상승이 된 것으로 착각을 하는 사람들이 있다. 이런 사람일수록 시도 때도 없이 사람들이 모인 곳에서 골프 이야기를 꺼내놓고, 골프를 한 번 치는데 얼마가 들었느니, 내기 골프를 해서 얼마를 잃었느니, 어느 골프장에서 누구와 골프를 쳤느니 등등 이루 헤아릴 수 없을 정도의 이야기들을, 골프를 즐기지 못하는 분들 앞에 물을 버리듯이 쏟아 붓는다. 취미를 공유하는 분들의 모임에서야 이해를 한다. 그렇지 못한 장소에서 떠들어대면 문제를 만들고, 골프에 대한 반감을 확산시킬 뿐이다. 알고 보면 골프실력도 형편없고 입으로만 골프를 즐기는 사람들이다.

제 가족밖에 모르는 사람이다. 주위에서 어떤 일이 일어나도 본인과 이해관계가 없으면 입은 꽉 다물고, 눈을 딱 감고 있다. 상대에 대한 배려라는 말은 그들의 사전에 없는 사람들이다. 자랑만 늘어놓고 주위 사람들에 쓴 커피 한 잔을 살 줄 모르는 사람들이다. 그들에게 노블레스 오블리제(Noblesse Oblige)가 어떻고, 경주 최씨 가문 이야기를 골백번 들려줘도 소용이 없는 이들이다. 주위 사람들과 소통이 안 된다. 돈과 시간이 없어서 골프를 치지 못하고 있는 저소득층의 마음을 뒤흔들어놓고, 상대 가슴에 화만 나게 불을 붙여놓는 사람들이다.

내가 사랑을 하면 로맨스고 다른 사람이 사랑을 하면 불륜이라고 했다. 골프를 좋아하는 사람은 수영을 좋아하는 사람을, 수영을 좋아하는 사람은 골프를 좋아하는 사람을, 서로서로가 상대편에 서서 단순 비교가 아닌 비유를 하면서 상대를 이해하면 된다. 자기 입장만 옳고 상대의 취미는 무시하는 행위는 상대를 불쾌하게 만든다. 우리는 좀 더 지혜롭게 살아가는 방법에 익숙해져야겠다는 생각을 해 본다.

해결책

이상에서 살펴보았듯이 골퍼가 미운오리가 되기까지는 정책당
국과 언론매체 그리고 골프애호가들이 합작으로 만들어 낸 작품
이다. 사교모임과 운동장소로서 최고급을 지향하는 골프장과, 국
민체육향상을 위한 체력단련장으로서 역할을 할 수 있는 대중골
프장으로, 양분하여 골프장 육성책을 세우고 이를 실행해 나가야
한다는 생각을 한다.

최고급 골프장

페이블비치와 사이프러스 골프장과 같은 시설과 그들 나름대로
운영을 하는 골프장이 한국에 많이 있었으면 좋겠다. 최고를 지향
하는 골퍼에게는 최고의 시설과 그에 상응하는 모든 제반 여건이
갖추어진 골프장이 필요하다. 사회적인 책무를 다한 사람이 즐기
는 운동을 누가 탓하겠는가? 사회적으로 인정을 받고 특화된 곳
에서 머물기를 바라는 것은 인지상정이다. 모든 사람은 자기 몫의
꿈이 있고 꿈을 이루기 위해 최선을 다하는 것이다. 꿈을 어렵게
이룬 사람이 앉아 있는 높은 곳에, 이유 없이 돌을 던지는 행위를
정당하다고 생각하는 사람들은, 자유민주시민이 될 자격을 포기
한 사람들이나 다름이 없다. 사촌이 땅을 사면 배가 아프다는 우

리나라 속담을 생각하게 한다. 한국에 오랫동안 살고 있는 제이프리 존스는 이렇게 한국인을 말한 적이 있다. "한국인은 배가 고픈 것은 참을 수 있어도 배가 아픈 것은 참지를 못 한다." 참으로 부끄러운 일이다.

　하와이 군도에 있는 카우아이(Kauai) 섬의 프린스빌 마카이 (Princeville Makai) 골프장에서 바이어 접대 차 운동을 한 적이 있다. 천야만야한 낭떠러지 아래를 내려다보면서 공을 쳐야 하는, 아름다운 파 쓰리 홀에서 잠시 기다리는 동안, 뒤 팀의 한 외국인을 만났다.

　"일본인입니까?"

　"아니요, 한국 사람입니다."

　"이곳에 자주 오십니까?"

　고급 골프장이기에 넌지시 물어 보았다.

　"일 년에 한두 번 옵니다."

　"직업이……?"

　서양 사람들은 상대에게 직업을 묻는 것에 대해 저항감이 없으나 동양 사람인 나는 역시 동양인이기에 말끝을 흐렸다.

　"목수입니다."

　"사시는 곳은요?"

　"골프장 아랫동네에 살고 있지요."

　"제가 자주 가는 골프장은 저 아래에 있고요, 운동 중에 코카콜라와 샌드위치를 사먹은 비용까지 합쳐서 10불이면 충분합니다."

　묻지도 않은 비용까지 이야기를 해준다. 직업을 묻고 골프장에 오는 횟수까지 물으니 내가 알고 싶어 하는 바를 친절히 말해주지만, 나도 사람인지라 미안해서 뒷머리에 손을 얹고 계면쩍게 웃어 보였다.

25년 전의 이야기이다. 프린스빌 마카이 골프장의 입장료가 현재는 390불이지만 그 당시에는 150불이었다. 비용면에서 단순 비교를 하자면 대중 골프장에 열다섯 번 갈 수 있는 비용이다. 그러나 그 많은 비용을 쓸 만한 값어치와 능력이 있기에 그곳에도 손님이 있는 것이 아닐까? 수요가 있으니 공급이 있는 것이다.

체력단련장 성격의 대중 골프장

골프가 대중화 되려면 몹쓸 산과 하천을 정비해서 그곳 지형에 맞는 골프장을 홀 수에 관계없이 만들어야 한다. 물론 실비 차원의 운영을 해야 한다. 옛날 경찰대학 내의 체력단련장이나 과천 경마장에 있던 체력단련장과 같이 저소득층이 쉽게 접근할 수 있어야 한다. 골프채를 실은 손수레를 공을 친 방향에 따라서 골퍼가 직접 끌고 다니면, 걷기 운동의 효과도 있고 맑은 공기도 더 마실 수 있다는 생각을 한다. 골퍼가 틈틈이 잔디 보수와 벙커 고르기까지 하면서 운동을 하면, 금상첨화 격이 된다.

체력단련장을 많이 만들고 활성화하려면 아래 사항에 대하여 소유주나 정책당국의 배려가 선행되어야 한다.

1. 걷기 운동에 방해가 되고, 각 개인에게 20,000원 상당의 부담이 되는 전동차 시설은 하지 말아야 한다.

2. 쓸모없는 땅이라 하더라도 골프장을 짓는 데는 속성상 많은 땅을 필요로 한다. 정부는 땅에 대하여 종부세를 면제해 주어야 한다.

3. 체육진흥기금, 농특세, 교육세 등등 골퍼 한 사람이 일회에 부담해야 하는 22,000원 상당의 세금을 정부에서 면제해 주어야 한다. 이명박 정부가 들어서면서 세 번째에 해당하는 세금을 공제해 주겠으니, 골프장에서도 알아서 하라는 말이 있었다고 한다. 수도권을 제외한 지방 골프장에서는 현재 입장료를 회원에 한해 30,000원을 받고 있는곳이 많다. 수도권으로 다니던 많은 골퍼들이 지방으로 다닌다.

동남아 각국에서는 경쟁적으로 하루에 50불에서 70불 사이의 경비를 내면 하루 세끼 식사와 잠자리를 제공해 준다. 무제한으로 골프를 할 수 있게 하고 있다. 물론 고급 골프장이 아니고 대중 골프장을 기준으로 말하는 것이다. 대중 골프장이라 할지라도 음식과 숙소에는 불편함이 조금도 없다.

위에 지적한 사항들을 정책당국이 눈여겨보고 실행한다면 30,000원 전후의 돈이면 골프를 즐길 수 있다는 생각을 한다. 그렇게 할 경우 어느 골퍼가 외국으로 발길을 돌리겠는가? 또한 누가 골프를 즐기는 이들에게 돌팔매를 던지겠는가? 밥 한 끼에 술을 곁들인 모임의 회비는 어느 곳에서나 최하 20,000원에서 50,000원 정도의 돈이 든다. 알뜰 주부나 정년퇴임하고 비용 때문에 골프채를 손에서 놓아버리고, 등산을 하시는 분들은 쌍수를 들어 환영할 것이다. 외화를 쓰지 않는 것은 외화벌이 이상의 효과가 있다. 특히 우리나라와 같이 외화가득률이 낮은 나라에서는 말이다. 필자는 골프를 전문으로 연구하는 사람도 아니고 그 분야에 종사하는 사람도 아니다.

한 분야에서 10년을 보내면 그 분야에 실눈이 뜨이고, 20년이면 전문가가 되고, 30년이면 신의 경지에 도달한다고 했다. 골프를 좋아해서 꽤나 많은 세월을 공과 같이 했다. 보고 느낀 점을 가감 없이 말을 했더니 속이 다 후련하다. 골프가 일반 서민들로부터 사랑을 받는, 대중 스포츠로 자리매김할 날을 기대한다.

그린을 향하여

새벽 두 시에 세 시에
제각기 깨어나
잠은 이어지지 못하고

설렘으로 달구어져
소풍 가는
아이 마냥

잠 설친 뜬 눈으로, 잠에
곯아떨어진 풀밭에서
아침을 연다

찬이슬 발로 털고
퍼터로 그린을 밀어낸다
아쉬움만 안개 속에 스민 채

변명만
허공을 친다
닿지 못한 이유, 하늘에 날리며

꿋꿋한 의지만으로 이룬
양용은의 인간승리

양용은, 그는 PGA 챔피언십에서 우승한 후, 두 손으로 태극마크가 선명한 골프백을 번쩍 들어 올렸다. 가볍게 세상을 들어 올리는 것 같았다. 양용은 선수와 골프백에 얽힌 긴 사연을 아는 사람들은 가슴이 찡해오고 눈가에는 이슬이 맺혔다. 인간승리의 순간이다.

그의 37년이란 인생여정은 숨 가쁜 하루하루의 연속이었다. 볼보이에서 시작을 하여 한국 프로선수가 된다. 이에 만족치 못 하고 현해탄을 건너가 일본에서 몇 차례 우승컵을 안아 보고서는, 내노라고 하는 세계 프로선수들이 자웅을 겨루는 미국으로 겁도 없이 치닫는다. 오로지 골프라는 이름 아래에서 37년을 보낸 남자다.

골프 황제 타이거 우즈와의 대결

우리가 기쁨을 감추지 못하는 것은, 메이저 대회의 하나인 PGA 챔피언십에서 동양인으로서는 최초로 이룬 쾌거이기 때문만은 아니다. 타이거 우즈가 누구인가? 그는 자타가 인정하는 골프계의 황제다. PGA 투어의 어느 대회였든, 최종 결승전인 대회 마지막 날, 우즈와 한 조를 이루는 미켈슨, 어니엘스와 싱 등의 모든 선수는 우즈의 기(氣)에 밀려 스스로 무너진다. 고양이 앞에 서 있는 쥐라고나 할까? 우즈 앞에서 겁을 먹고 꼼짝달싹 못하는 것 같은 모습을 보는 것이 관전 포인트다. 언제나 공식 같은 이야기가 전개된다. 우즈는 역전을 하고 상대 선수는 실수를 연발하면서 쩔쩔매다가 준우승으로 끝을 맺는다.

우즈와 맞붙은 양용은 선수의 의연하고 당당해 보이는 태도가 자랑스러웠다. 우즈 앞에서 꺾이지 않는 기는 어디서 온 것일까? 여름부터 늦가을까지 꽃을 피우는 무궁화의 끈질긴 근성에서 온 걸까? 아니면 김치와 된장찌개의 힘일까? 고개를 갸우뚱하게 만든다. 이유야 어찌됐든 간에 자랑스러운 일이다.

골프 세계에서 우즈가 무너지는 모습은 이변이다. 이를 본 서양인들은 떠들썩할 수밖에 없다. 세계에서 저명한 골프 분석가와 우즈와의 대담이 이어진다. 날카로운 질문이 우즈에게 쏟아질 때마다 그는 잠깐 생각을 가다듬고 차분하게 솔직한 자기의 심정을 이야기한다. 골프 황제답게 능수능란한 세련미가 돋보인다. 양용은 선수는 한국기자의 질문에 이렇게 답했다.

"우즈와 싸움을 하는 것도 아니고 즐거운 마음으로 즐겁게 운동을 했습니다."라고 했다. 가감이 없는 야생마다운 답이다. 다듬어지지 않은 것 같은 그의 말투에 오히려 친근감이 간다.

부모의 도움 없이 혼자서 이룬 쾌거

우리는 우리도 모르는 사이에 폐허의 땅 위에 경제대국을 이루었고 스포츠 강국이 됐다. 스포츠 강국이 되기까지는 얼마나 많은 선수들과 코칭스텝의 남모르는 땀을 흘렸고 얼마나 많은 부모들의 애환이 얽혀 있는가.

골프선수 박세리는 모든 선수들이 갈망하고 선망의 대상인 명예의 전당에 이름 석 자를 남겼다. 자랑스러운 일이다. 그녀의 뒤에는 그림자같이 아버지가 따라 다녔다. 뚝심과 담력을 키우기 위해 어린 소녀를 공포의 대상인 공동묘지에도 데리고 갔다. 또한 샌드웨이지가 닳도록 연습을 시켰다. 박세리 선수가 미국 LPGA에서 처음으로 우승을 하던 날, 승부의 갈림길인 마지막 홀에서 친 볼이 왼쪽 물가에 빠졌다. 그녀는 거침없이 신발을 벗고 한 발

은 물에 담근 채 멋진 샷을 날렸다. 양말을 벗은 발은 백옥같이 하
얗고 발목 위의 튼실한 종아리는 농부의 종아리같이 검게 햇볕에
그을려 있었다. 얼마나 많은 날을 필드에서 연습을 했으면 그랬겠
나 하는 생각을 하게 했다.

　박세리 선수가 처음으로 미국 LPGA에서 우승을 하던 날, 우리
모두는 감격했다. 그때는 IMF라는 쓰나미가 휘몰아쳐서 우리 모
두는 절망의 구렁텅이에 빠져 신음을 하고 있을 때이다. 국민들이
장롱에 있던 금반지까지 모두 들고 나와 국가경제에 도움이 되기
를 바라던 시기다. 외환위기의 시기, 그녀의 우승상금도 국가경제
에 큰 도움이 될 것이라는 아나운서의 목소리에 우리는 공감을 했
다. 그녀는 우리에게 희망을 주었고 꿈을 심어 주었다. 하면 된다
는 사실이 오늘의 신지애 선수와 같은 많은 선수들이 미국 무대
위에서 뛰게 하고 있는 것이다. 어느 누가 온 국민의 생각을 한 곳
으로 향하게 했던가? 이는 스포츠의 보이지 않는 힘이다. 신데렐
라 같이 나타나서 세계 스케이트 계를 평정한 김연아 선수 뒤에도
어머니의 또 다른 그림자가 따라 다닌다. 부모님의 남다른 사랑과
열정이 오늘의 우뚝 솟은 한국을 만들어 가고 있다.

　양용은 선수에게는 앞에서 끌어주는 이도 뒤에서 밀어주는 이
도 없었다. 오로지 그의 끈질긴 집념만이 있었을 뿐이다. 끈질긴
그의 집념 앞에서 안타까운 그의 아버지는, 골프는 부자들이나 하
는 운동이니 집어치우라고 했다.

예부터 부자지간은 사이가 좋지 못하다. 아버지는 자기가 못 이룬 꿈을 아들이 이루게 하고 싶어 하고, 아들에게 옳은 길을 걷게 하고 싶어 한다. 도적질을 업으로 하는 도적도 자기 아들에게는 자기 직업을 이어주기를 꺼린다. 양 선수는 아버지의 바른 말을 거역하고 꿈을 향해 한 걸음 한 걸음 뚜벅뚜벅 걸어온 사람이다. 어린 소년시절에는 볼 보이를 했다. 그 시절의 볼 보이는 골퍼가 연습장에서 연습을 할 때 골퍼의 옆에 앉아서 공을 하나씩 올려주면 골퍼가 공을 치고, 골퍼가 공을 친 다음 볼 보이는 다시 공을 핀 위에 올려주는 일을 하루 종일 했다. 저녁이면 연습장에 흩어진 공을 리어카를 끌고 다니면서 줍는 일을 해야 한다. 틈이 나는 대로 연습을 해야 했으니 얼마나 피로한 하루였을까를 생각하게 한다.

양용은 선수의 우승은 동양인의 자랑

TV 중계를 하던 미국 아나운서도 우즈를 잠재우는 듯한 양 선수의 기세에 이변을 예감한 것일까? 언제 준비를 했는지 중계 도중 휘날리는 태극기 아래 최경주, 위창수와 나상욱 선수의 우승경력을 자막으로 내보낸다. 이어서 PGA 투어 아세아의 우승자인 일본의 아오끼, 대만의 벤슈이 등의 우승경력도 TV 화면에 깔아준다. 양 선수의 멋진 경기가 가져다 준 보너스다. 우리 선수들에게 조금쯤은 화면 할애에 인색해 보이는 듯한 그들의 태도가 달라져 보인다. 양 선수의 우승은 전문가들의 분석에 따르면 1조 원 이상의 광고 효과가 있다고 한다. 돈을 떠나서 제주도와 한국 그리고 동양의 위상을 드높인 날임에는 틀림이 없다. 일제 식민지와 6·25라는 혹독한 시련을 겪은 우리다. 맨 주먹과 맨 발로 한세상을 살아온 우리는 양 선수를 통하여 또 다른 우리를 보았기에 더 감동적이지 않았나하는 생각을 해 본다. 남을 원망하고 도와주기만을 기다리는 젊은이가 아니고, 양 선수와 같이 어려움을 헤쳐 나가는 젊은이들이 많았으면 하는 바람을 가져 본다.

양용은 선수는 이제는 제주도 들녘의 야생마도 아니고 잡초도 아니다. 세계 속에 우뚝 솟은 별이다. 미국 전 대통령 부시와도 골프 약속을 했다. 민간 외교관이다. 군인 영관급에서 장군이 되면 40가지가 달라진다고 했다. 미국 메이저 대회에서 우승을 하면 첫째로 앞으로 5년간 메이저 대회에 초청이 되고, 투어 전 경기에 자동으로 출전권을 얻는다. 둘째로 초청되어 참가할 때마다 30만 달러를 초청비조로 별도로 받는다. 셋째로 골프대회 마다 황금시간대에 시간배정을 받는다. 넷째로 비행기는 1등석, 특급호텔에 객실이 주어지고 공항에서는 특별경호팀의 경호를 받는다고 한다.

자세히 보면 최경주 선수의 골프화와 양용은 선수의 골프백에는 태극마크가 선명하게 그려져 있다. 이는 대한인의 긍지를 표함이다. 긍지를 갖고 사는 체육인은 세계 어느 곳에 있든 행동거지가 늘 정정당당하다. 시간이 지나면 언어소통에도 문제가 없을 것이고, 그들의 문화에도 익숙해져서 대우에 걸맞은 민간 외교관 양용은 선수를 그려본다.

온 가슴에 안겨준 꽃다발

네가 밤을 빼앗은 게냐
내가 밤을 빼앗긴 게냐
밤을 하얗게 누빈다

네가 드라이버를 잡으면
내 가슴이 조여오고
네가 퍼터를 잡으면
내 손에 진땀이 배어오는구나

골프의 본 고장 영국
세계의 최강 파란 눈들이
스스로 무너지던 날

작은 거인, 한국의 딸 박세리, 장정,
신지애가 우뚝 솟아오르고
우즈가 양용은의 손아귀에 들어가던 날
태극기는 세계 속에서 휘날린다

만나서 반가웠던 이들에게

시인의 관록이 특별합니다

김희선

(한국수필작가회 회장, 수필가)

작품을 읽으며 문학적인가 아닌가를 따지기 전에 단숨에 읽었다면 우선 성공이다. 첫 작품이 「촌놈」이다. 촌에서 살았던 날보다 서울에서 산 날이 훨씬 많아도, 잊지 못하는 그리움의 고향이 절절하게 다가온다. 그때는 여우와 늑대가 많았던 시절이기에 옛날이야기 같은 사실들이 새벽공기처럼 신선하다.

작가는 고등학교 시절에 전국체전 경기도 대표선수로 출전하기 위해 평택 칠원에서 서울로 와야 하는 날 아침, 정성으로 끓여주신 고깃국에 새벽밥을 먹으며 어머니께 말씀을 드린다.

"활시위를 힘껏 당겨서 활을 쏘려는 순간 줌통이 딱 부러지는 꿈을 꾸었어요."

사립문을 나서려는 순간 어머니가 함께 갈 채비를 하고 나선다.

"저는 경기도 대표 유도선수이니 무서울 것이 없어요! 어머니는 집에 계십시오!"라고 인사를 했다.

밖에 나가보니 지척을 분간할 수 없을 정도로 안개가 짙게 깔렸다.

"기차역까지 너와 함께 가야 한다!"

어느 때 보다도 어머니의 음성은 단호했다. 양보만 하던 어제의 어머니가 아니다.

막내로 태어나 집안의 귀여움을 독차지하면서 동네방네 다니며 친구들과 싸움을 했다는 어린 시절을 보낸 저자가, 그날 경기 도중에 쇠골이 부러졌다니 놀랍기만 하다. 어머니의 타박타박 신발 소리에 여우와 늑대는 근접을 못했을 테고, 시합에서 결국 부상을 입었으니 작가의 꿈이 어찌 그리도 선몽을 했을까?

옛 어머니들은 자식에게 늘 가르치신 말이 있다. 참을 인(忍) 자가 셋이면 살인을 면한다고 말씀하셨다. 작가는 어머니를 그리면서 이 시를 쓴다.

어머니 길을 찾습니다

쉽게 말은 할 수 있어도
실천하는 데는 더듬거려야 하는
사랑과 용서

당신의 바다 속보다도 깊은 마음
태산 같은 높은 뜻을
헤아리지 못하는 어리석음

용서하려는 마음 앞에
오기(傲气)가 길을 막아
가던 길을 되돌아가야 하고
베풀려는 사랑
욕심과 이기심이 눈을 가려

계산기를 두드립니다
단신이 힘겹게 걸어온 길
길을 잃고 방황하는 못난 아들
지금도 길가에서 서성이고 있습니다

거지에게도 동냥자루에 음식을 주기보다는 밥상에다 차려주시는 인정을 베푸시는 어머니의 너그러움이 있었기에, 그 자손이 복을 받아 잘 살고 있음이 보이는 작품이다. 용서를 실천하시느라 그러셨을까? 다음에는 혼쭐이 날것이라고 하시던 어머니, 체벌을 하지 않으신 부모의 사랑이 너그러움으로 다가온다. 초등학교 때는 개구쟁이 문제아라고 해도 고려대학교 경제학과를 다녔으니 대단한 변신이다.

작품마다 공감이 가는 이야기에서 행복한 삶이 보인다. 자녀분들을 성사시키고 두 분이 살아가면서 배려의 마음가짐이 특별하다. 지금까지 여러 권의 책을 출간한 김원호 시인을 알게 됨은 또 다른 행운이란 생각을 한다.

인생의 연륜이 쌓이면서 국내와 국외의 정세에 편파적이지 않은 판단을 갖춘 작품이 재미를 준다. 모교인 고려대학교 〈고우체육회보〉에 4년여의 기간 동안에 집필도 성실함을 느끼게 한다. 2009년 출간해서 독자들로부터 호평을 받고 있는 『매혹의 나라, 신비의 사람들』은 세계 7대 불가사의를 시원하게 풀어낸 작품이다. 어깨를 움츠리고 살 나이에 왕성한 작품 활동을 하는 모습을 보노라면 귀감이 되는 부지런한 작가다.